有澤南溟漢詩集

附・漢詩紀行

有澤啓介著

日本人が乗るマイクロバスを見ると
島の人々が手を振ってくれる（南溟記）

パプアニューギニアの国旗
（南溟記「莫爾茲比空港」）

歓迎式典で踊りを披露しようと
民族衣装を身に着けた小学生達（南溟記）

アレクサンドロフスクから韃靼海峡を望む
半島の先には囚人が掘った隧道がある
（漢詩「歴山斯科」）

デルモンテ城
（漢詩「Castel del Monte」）

旧国境入り口にある戦勝記念碑、
花が飾られている（漢詩「北緯五十度線」）

有澤南溟漢詩集＊目次

南《なん》溟《めい》記《き》（ガダルカナル・ラバウル戦跡慰霊の旅）

一

出発

感時驚鳥慰霊班
待望南溟雲月閑
不似懸軍生死苦
洋洋空路六時間

時に感じ　鳥に驚く　慰霊の班《はん》
待望《たいぼう》の南溟《なんめい》　雲月《うんげつ》　閑《しずか》なり
似ず　懸軍生死《けんぐんせいし》の苦に
洋々たる空路　六時間

○懸軍＝軍隊が遠方に派遣されること

平成二十七年八月一日、夜九時発ニューギニア航空ポートモレスビー行きボーイング737―800に搭乗の為、浅田ツアー一行、十九名は成田空港に集合した。ツアーコンダクターの浅田さんから同行者の名簿とスケジュールを渡される。一緒に旅行をしたことがあるのは、造船会社に勤めておられた横山さんと、軍事評論家の井上和彦さんだけのようだった。井上さんは関西読売テレビの「そこまで言って委員会」などに出演されている自称「軍事漫談家」の人気者だ。今回はインターネット放送「チャンネル桜」の取材を兼ねていて、夜には我々ツアー一行のためにガダルカナル戦の講義をしてくれるという。

空港に集まるまでは、ツアー代金があまりに高いので、どれほどの参加者があるだろうか、最低催行人数の四、五人かもしれないなどと思っていた。ヨーロッパツアー一週間の三倍近い金額だったからだ。それでも参加したのは第二次大戦の激戦地、ガダルカナルとラバウルに行かなくては「戦跡めぐりをしています」とはとても人には言えないと思ったからで今回をわが海外戦跡ツアーの最後に、という一大決心で参加したのだ。

私の心中を知ってか、知らずか、

「皆さん来てくれないんじゃないかと、心配だったんですよ」と浅田さんが云う。

「ガダルカナルとラバウルを一緒に訪れる、と云うのは初めての試みなんです。今までラバウルはラバウル、ガダルカナルはガダルカナルと、それぞれ別々のツアーで行っていたんですが、そういう意味ではお得なんです」と安心させることを言ってくれる。参加者が二十名もいれば十分黒字だなとこちらも一安心であった。

またこのツアーが夏休み前なので、どうしてもお盆にも催行してくれと云う人達があったそうで今月中にまた第二陣が出ることに決定したそうだ。

南洋は日常からかけ離れて遠く、これから向かうガダルカナル、ラバウルがそれぞれ異なる国にあるということも直前まで知らなかった。ガダルカナルは国名「ソロモン諸島」の最大の島の名前で、首都ホニアラを擁している。ラバウルの方は島名ではなくて「パプアニューギニア」国に属するニューブリテン島の、旧州都の名前だそうだ。二カ国ともにエリザベスⅡ世を女王に戴きながら、通貨はそれぞれソロモンドル、キナと異なっている。

夜九時四十五分成田を離陸。初めて乗るニューギニア航空は、悪い評判も聞かず、深夜の六時間の飛行時間中は眠ることも出来るかもしれない。

満月を浴びる飛行機から、下に輝く太平洋を見おろす。かつての兵士たちが、波に揉《も》まれ、危険な思いをして南下して行ったことを思いながら。

二

五時十分、ポートモレスビー空港に到着。時差は日本より一時間早い。乗り継ぎ手続きの係官がたったひとりのようで、一列に並んだまま、ぼーっとして時間が過ぎていく。

六時五十分、手続き終了。まずはお土産売り場にいた愛想のいい民族衣装の女性と一緒に写真を撮ってもらった後、集合して自己紹介となった。自衛隊の元戦史教官だったという方が一名、もう一人の戦史教官は若いので現役の方だろう。女性も二人参加されていて、ひとりは大学勤務、もう一人は姉弟での参加であった。その佐藤さんと言う女性はお父様が南方のどこか、ガダルカナルかラバウルかすら分からないところで戦死されているそうだ。今回初めて浅田ツアーに参加しますという方が多い。

十時四十五分、ブリスベン発ナンデイ行きボーイング７３７—８００に搭乗、目的地ガダルカナル島のホニアラはここポートモレスビーから、三時間のところだ。

三

ジャングルの島、ガダルカナル。けれども飛行機から見ると黄色く土が見えて草地も多い、そして草葺の民家が到るところに点在する。戦時中は、それほど人が居たとは記録がないから戦後急に増えたのだろう。十三時四十五分、ホニアラ国際空港に着陸した。この空港こそがアメリカ・オーストラリア分断作戦のため日本軍が建設し、完成の翌日、アメリカ軍にたちまち奪われ、その後の激戦の目標となった飛行場である。ただ慰められるとすれば、現在の空港ターミナルが、戦後の日本の政府援助で、日本の建設会社が建てたという事だろう。

空港には、キタノメンダナホテルの西冨建太郎さんと通訳のフランシスさん、海外青年協力隊の女性一級建築士の河野さん、やはり協力隊で作業療法士の山登さんが出迎えに来てくださった。西冨さんは日本青年遺骨収集団員であり、また予備自衛官だそうだ。自衛隊出身者の多い浅田ツアーの仲間は予備自衛官と聞いただけで大歓迎だ。みんなで拍手をする。

マイクロバスに乗り北部海岸沿いの道を西へ、ホニアラのメインストリートを通っていく。道は車で渋滞し、人もまた多い。英国領だったので左側通行の日本製中古車の独占状態だ。バス待ちの人達が大勢並んでいるが、みんなTシャツ姿だ。

三十分近く走り、キタノメンダナホテルに着いた。大きな立派なホテルである。玄関には手入れのされた熱帯樹が植えられ、白いプルメリアの花が咲いていた。ホテルのロビー越しに、奥には海とプールが見える。

部屋に荷物を置いて再びホテルを出る。ツアー全員で歩いて幹線道路を渡り、すぐ近くの警察署に向かった。そのネットフェンスの中に、機関砲、大砲、石碑が見える。入り口が閉まっていたので心配していると、通訳のフランシスさんが隙間から入って、警察官を連れてきて開けてくれた、今日は日曜日で休日だったのだ。

ツアー仲間から、大砲は九六式十五糎榴弾砲だと教えてもらう。優秀な砲で、誤差半径は二十五メートルで、狙ったところにピンポイントで攻撃が可能だったらしい。ただし戦術上必要かどうか議論がある、ということだった。また補給が続かないので撃てるのは三発程度で、撃てば、たちまち何倍も撃ち返されたそうだ。

石碑には「川口支隊　歩兵第百二十四聯隊《れんたい》　鎮魂碑」とあった。

川口支隊とは、福岡聯隊（歩兵第一二四聯隊）を基幹として編成された支隊（特別な任務を与えられた部隊を支隊と称した）で、約四千名がヘンダーソン飛行場（現在のホニアラ国際空港）の奪還に投ぜられた。

屏風《びょうぶ》型の碑面には、福岡県出身の北原白秋の歌「帰らなむ筑紫《ちくし》母国《おやぐに》早や待つと　今呼ぶ声の雲にこだます」が刻まれていた。我々は日章旗、旭日旗とともに「君が代」、「海逝かば」を斉唱し、置酒して慰霊祭を行った。

～戦争の経過～

昭和十六年十二月八日、日本はイギリス帝国およびアメリカ合衆国に宣戦布告、マレー半島、及び真珠湾を攻撃、東南アジア方面では快進撃を続けていたが、昭和十七年六月五日、北太平洋のミッドウエイ海戦でアメリカ海軍に完敗した。ミッドウエイ攻略によって早期にアメリカ国民に厭戦気分をもたせ、講和に持ち込もうとする作戦であったが、この敗戦で、次善の策として南太平洋ソロモン諸島に進出することでアメリカ・オーストラリアを分断し、アメリカ国民の士気を砕こうとガダルカナルの飛行場建設が始まった。

十七年　八月七日　アメリカ軍による奇襲上陸（兵力約一万）、飛行場が占領される。兵器を持たない設営隊は西方四キロのマタニカウ川西岸に後退。

八日　日本軍は重巡五隻で米豪の艦隊に夜襲をかけ、戦死三十四名、損害軽微。それに対して連合軍側戦死千百七十三名、重巡四隻撃沈、他三隻を大破、中破させた。日本側の大勝利であったが、この時、目前の連合国軍の大輸送船団を放置、旗艦「鳥海」の艦長は、自艦一隻でも撃滅に向かいたいと上申したが容れられなかった。この後アメリカ軍は大量の食料、兵器、弾薬を得て、日本軍は圧倒されていくことになる。（第一次ソロモン海戦）

十六日　飛行場奪還のため日本の海軍陸戦隊百三十名がガ島に上陸。

十八日　一木《いちき》支隊第一梯隊《ていたい》九百十六名が飛行場の東三十キロのタイボ岬に上陸。

十九日　飛行場に向かった一木支隊の斥候《せっこう》三十名が遭遇戦で全滅。

二十日　アメリカ空母「ロングアイランド」によって戦闘機、爆撃機が飛行場に配備される。

同日　二十二時三十分、一木支隊は、イル川河口の渡河攻撃を開始、七百九十名の損害を出し全滅。日本軍はこの時、アメリカ軍兵力を二千程度と見込んでいた。（ニセの情報があったとも言われる）

二十四日　日本海軍は増援輸送支援のため第二、第三艦隊を派遣した。軽空母「龍驤《りゅうじょう》」の攻撃隊がガダルカナルに向かったが、その間、龍驤は空母「サラトガ」からの攻撃隊によって沈没させられる。空母「翔鶴《しょうかく》」からの攻撃隊は敵空母「エンタープライズ」を発見、大破させた。また空母「瑞鶴《ずいかく》」から発進した攻撃隊は敵艦隊を発見することができなかった。（第二次ソロモン海戦）

二十五日　一木支隊第二梯団を運ぶ輸送船一隻と駆逐艦一隻が沈没。護衛空母も退避、以降の増援は駆逐艦による少量ずつの鼠輸送《ねずみゆそう》となる。

二十九日から九月五日　川口支隊第一大隊が、タイボ岬に上陸、第二大隊（指揮は師団長の岡明之助大佐）は舟艇《しゅうてい》により島づたいで向かうこととした為、当初千名の隊員のうち半数以上が遭難、四百五十名がガダルカナル西端のカミンボ（ヘンダーソン飛行場から西へ四十キロ）に辿《たど》り着いた。

九月四日　仙台第四聯隊第二大隊がタイボ岬に上陸、川口少将の指揮下にはいる。またこのころ第四聯隊第三大隊もガ島西側に上陸、川口支隊第二大隊に合流している。

八日　アメリカ軍がタイボ岬に上陸。

十二日　川口少将は、一木支隊の失敗に鑑《かんが》み飛行場の南側ジャングルの三方向からの総攻撃を企図《きと》。右翼に一木支隊熊部隊、中央に第一大隊、第三大隊、第四聯隊第二大隊、左翼に第二大隊を配置して夜二十時決行を命令した。しかし深いジャングルを啓開することはきわめて困難で、さらに飲料水を得られず、食料は乾パンのみで体力がなく各隊が攻撃に間に合わなかった。その結果、中央の第一大隊、第四聯隊第二大隊のみの攻撃となって失敗する。

十三日から十四日未明　日本軍約六千で総攻撃を開始。田村少佐率いる第四聯隊第二大隊が敵司令部幕舎まで侵入し、陥落一歩手前まで追い詰めたが後続が無くむなしく撤退した。この戦闘で一木支隊大隊長、第一大隊大隊長までが戦死した。再起を期し、残存（負傷者を含む）五千の兵はアウステン山からマタニカウ川西岸に散開したが、連絡が取れず、食料、弾薬の補給が困難であり、たちまち「餓島」の様相を呈することとなった。

四

八月三日、朝七時に朝食。日本のリゾートホテルと変わらないバイキング形式でご飯、味噌汁が食べられた。土地のものではキャッサバ、バナナだろうか。バナナは信じられないほどおいしい。

昨夜は夕食後、井上和彦さんのガダルカナル戦の講義があった。一番衝撃を受けたのは、椰子の砂浜に数百人の日本兵が折り重なって倒れている、一木支隊全滅の写真を見た時だった。今日は其の場所にも行くという。

バスの中でこれから二日間の案内をしてくれる西冨さんがガダルカナルの基本情報から説明してくれた。

ソロモン諸島（国）は人口六十万人ほどで正確な人口はわからない。ほとんどがこのガダルカナルに住んでいるとのこと。国家の収入の半分は援助である。産業は木材の輸出。観光は、と尋ねると、最近は日本から来る人が少ないとの事で、そうだろうなと同感する。以前はアジアや太平洋に特別な親近感があり、また事実おおくの日本人が太平洋の各諸島に暮らしていた。いまはヨーロッパでさえも身近になって、欧米に向かう日本人も多くなったが、かつて発展を約束したアジアや太平洋の国々に興味を持って、その責任を果たして行って欲しいと思う。

また車に乗る人ばかりでなく、乗り合いのバスを待つ人も大勢いたので、西冨さんにバス料金を尋ねると三ドル（四十五円、一ドルは十五円）だそうだ。

西に向かったバスはすぐに南下し、山に上がっていく。点在する家々には電線がないので電気は来ていない様子で、殆んどの家が草葺だ。また道路沿いには物を売るための一坪ほどの屋台が続く。二十分ほどで見晴らしの好い高原に出た。ひときわ高い場所が平和公園となっていて「南太平洋戦没者慰霊協会碑」が建てられていた。このあたり一帯をアウステン山と呼ぶらしい。碑に手を合わせ、鎮魂の祈りを捧げ、次にギフ高地に向かった。ギフ高地とはここに岐阜からきた軍が居たことからアメリカ軍がつけた名前だという。平和公園から見たギフ高地は、深いジャングルもなく草地のように見える。飛行場奪還のためにここにやってきた大本営の軍首脳たちは、この岩でできた島の風景をみて、迂回路を切り開き南側の高地から飛行場基地を攻撃すれば容易に制圧出来ると信じたらしい。けれどもはげ山の直ぐ下の谷川の流域は稠密な密林であり、盤根錯節して、とても簡単に銃砲を持った人間を寄せ付けるものではなかったのだ。

我々は細い一本道を車でのぼり「バラナ村」にたどりついた。

村の中心には広場があり、周りには草葺高床の家がばらばらに向いて建っている。電気は勿論ない。子供たちがたくさん居て、半ズボンだけの子や、学校の制服なのか、おそろいのかわいい服を着た女の子たちがいた。

広場にバスを止めるとすぐそばに大きなテーブルが置かれていて、日米両軍のヘルメットやガラス瓶、小銃、弾薬がぎっしり並べられていて、手榴弾も日本軍、米軍と並べて置かれている。

すぐ村長さんが呼ばれて、慣れた感じの英語で歓迎の辞を述べてくれた。西冨さんの説明によると、日本の遺骨収集にもよく協力してくれているそうだ。驚いたことに二日前、日本軍の御遺体が見つかったそうだ。すぐ横の小屋に御遺体があるというので、皆が順番に小屋に上がって、手を合わせる。私も後ろについてダンボールに入れられたひとつの髑髏《どくろ》を見た。白骨というよりはすっかり黄色くなっていて、歯だけが若者らしく健康そうに並んでいる。傍らには、小さな革袋と鉄兜と認識票、成田山の御札が並べられていた。井上さんが成田山の御札を手に取りみんなに見せてくれる。七十年以上前の御札とは思われないほど「成田山」の文字がはっきりと読めた。また認識票については元戦史教官という方が読み方を教えてくれたが、右側の数字が名古屋二二八聯隊をあらわし、左側の数字はつぶれて見えなくなっていたが、読めたとしても日本兵の場合、まず御英霊のお名前はわからないのだそうだ。それにたいして米兵の遺骨であれば、認識票とＤＮＡ鑑定で名前までがわかるのだそうだ。皆でもう一度手を合わせ、この兵士の魂が故郷の地に帰れることを切に祈った。

髑髏《どくろ》を見て作る

健歯埋泥不発声
眼窩化骨似無情
辛酸忠烈非豪傑
名刹成田文字明

健歯《けんし》泥に埋もれて声を発せず
眼窩《がんか》骨と化して情なきに似たり
辛酸忠烈《しんさんちゅうれつ》も豪傑にあらず
名刹成田《めいさつなりた》の文字明らかなり

村人に先頭に立ってもらい、村の奥のへ進んでいく。西冨さんにこのあたりの言葉を教えてもらう。「おはよう」は「ドッポンギ」だそうだ。子供たちに「ドッポンギ、ドッポンギ」と声をかけながら歩く。

林が急に開けたところに丸い小山があった。現地名で「バットマンヒル」といい、連合軍が「ギフ高地」と呼んだ場所だ。頂上に白い円柱が建てられ、「岡部隊奮戦之地」として次のように書かれていた。

『岡明之助大佐指揮の歩兵第一二四聯隊第二大隊、歩兵第二二八聯隊第二大隊は、一九四二年十一月より翌年一月末にかけて此のアウステン山に篭城奮戦した。撃つに弾無く、食うに糧無く極限状況のなか連日の連合軍の猛攻に耐えたまさに地獄の戦場であった。

特に、第一二四聯隊第二大隊（西畑少佐指揮）第二二八聯隊第二大隊（稲垣少佐指揮）の両大隊は一九四三年一月二十三日夜包囲した米軍に突撃を敢行し玉砕した。一九九四年九月吉日』（筆者注、一九四二年は昭和

十七年、一九九四年は平成六年）

岡部隊が守るギフ高地を、大量の米軍部隊が包囲攻撃してきたため、昭和十八年一月十六日、岡大佐は、再攻撃を期し聯隊旗を土中に埋め、聯隊本部をアウステン山べラバウル高地から撤退させた。ところが前日十五日、ガ島撤退の詔勅が、撤退支援部隊とともにガ島司令部に伝達されてきており、撤退の空気を感じた岡大佐はただちに聯隊旗をとりもどしに行かなくてはならなくなった。聯隊旗なくして撤退などありえないからだ。大佐及び士官、下士官の十二名の決死隊が再び敵軍の真っ只中に向かう。そのほかの部隊員たちは、他の部隊が撤退していくのを見ながら、軍旗（聯隊旗）がないため留め置かれてしまう。決死隊の中で生きて部隊に戻れたのは二人の少尉だけであった。小尾少尉が軍旗を体に巻きつけ、半死半生で戻って来る事が出来たため、二百二十八聯隊の残存二百名は最後の便でガ島を脱出、ビルマ方面に転進することができたのだ。

岡部隊の碑からは「ウシ」「ウマ」「サル」と呼ばれる丘、マタニカウ川、その向こうに日本軍が物資を陸揚げしたコカンボナの海岸が見える。この美しい景色の中に地獄の深いジャングルがあるのだ。よくも痩せ細った体で、このいくつもの谷を越えて食料、水を運んだものだ。

足元を見回せば、いまだ無数の金属片が残っている。また抉られた窪みは当時のタコツボのあとだろうか。どのように両軍の兵士たちが対峙していたのか、どのように戦ったのか、想像を逞しくして当時の状況を思い描こうとしても下から吹き上がる爽やかな風がそれを妨げてしまう。

井上さん、カメラマンの阿久津さん、チャンネル桜ボランティアの西坂さんたちが撮影を始めたので、邪魔にならないようひとり、ふたりと山をおりて村に戻る。途中、畑があって小さな豚がいた。柵も畝もなく、畑には見えなかったが、なんとなく手がかかっている。さきほどの平和公園でも、女性が山の急斜面を棒で掘っていた。ここでは草地と畑に明確な境界がないようだ。また途中に簡単な桟敷があって、皮をむいたココナッツが十ばかり置かれていた。静かで平和な村だ。

バスに乗り込み外を見ていると、四、五歳ぐらいの男の子と女の子が、水の入ったペットボトルを投げて遊んでいる。投げて、拾って、また投げつづけている。それだけでも楽しいんだなと感心する。

三十分以上経って、撮影隊が返って来た。

五

ホニアラ空港を通り、ガダルカナル島北岸を東に向かう。途中、切り倒された木が見渡す限り続く場所があった。椰子を植え二十年たち、実のなる位置が高くなって採れなくなるため、切り倒してしまうのだそうだ。椰子油、パーム油などはずっと長い間ここの主要産品であった。

しばらく行くと今度は椰子の植林が続く。何万本もの整然と並ぶ椰子に圧倒されていると、林の中に、戦車やLVT（キャタピラ式の装甲の舟艇）が放置されていた。幹線道路を左折して深い草地を進み、海岸（テテレビーチ）にまで出ると数十台のLVTがまるで遊び飽きた玩具のようにばらばらに捨てられていた。ここはＬＶＴを見世物にする場所のようだ。何輌かのＬＶＴは真ん中から椰子の大木が生えている。

アメリカ軍は、この大量のＬＶＴに食料、火器、弾薬を載せて海岸に送り込みそのまま打ち捨てていったのだろう。それに引き換え、日本軍は兵站に無頓着すぎた。想像力のないのは、軍首脳が無責任であったからだと思う。海軍は敵の輸送船をそのまま見過ごし、陸軍では一木支隊の攻撃時、敵兵力一万九百を二千と誤認し、九月十三日の川口支隊の夜襲では、敵の実数一万八千を五千と、再び楽観的に判断していた。東条英機首相は敗戦の責めを以て国民に謝罪し絞首台に立ったが、他の作戦立案者も、将軍と呼ばれる人達もひとしく責任をとるべきだったと思う。せん無い事ながら、東京裁判で全将軍が立ち上がり、東条大将と同罪ですと訴えたなら、東京裁判が法的根拠を持たない、如何にいかがわしいものだったかを、世界中に知らしめたことだろう。

六

二十分ほどかけて空港付近まで戻り、テナル川を遡上、テナル教会に到る。教会というより学校の敷地のようで「一木支隊鎮魂碑」と刻まれた身長ほどの自然石が建っていた。手を合わせて祈ったが、どうしてここでは日本人のための鎮魂碑を建てさせてくれたのだろうか。誰かが許可を出してくれたはずなのだ。戦友を思う気持ちを現地の人が理解してくれたのだろうか、それであったら我々は現地の人に感謝しなくてはならない。

幹線に戻りさらに西方に進む。海岸近くに「一木支隊奮戦之地」はあった。前夜、写真で見た、全滅部隊の碑だ。四角い柱の側面に一木支隊の散華の様子が記されていて、建碑が平成四年九月と新しく、大東亜戦争という文字があった。それに比して、テナルの鎮魂碑の建碑は昭和五十六年と古く、太平洋戦争と書かれていた。こんなところにも時代が変わり、だんだんと正式呼称が使えるようになったことがわかる。

ここでも日本から持参した御神酒を地に注いで合掌し、全員で黙祷した。

そばには青い波の静かな海がひろがる。白い珊瑚の砂浜の先に小川（イル川）と砂洲があった。昨夜スクリーンに見たそのままの景色だ。

昭和十七年八月二十日深夜、一木支隊は、敵が完全な陣地を構築して待ち受けるイル川対岸に向かって突撃を開始した。たちまち敵の機関銃で百名が倒れる、さらに一時間後二百名が同様の突撃を試みて殲滅された。この時に一士官が撤退を進言したが、一木大佐はこれに対し三度目の攻撃を指示している。今、河口の砂洲に立って米軍側をみると、突撃が如何に困難であったことかがわかる。皆が同じ感慨をもったようだ。戦史教官の見岡さんが「久留米に銃剣をつけて突撃して向かってくる壁画があるんですが、ものすごい迫力なんですよ。あんな恐ろしい勢いで来られたらとても支えきれない気がしますよ」と話してくれた。一木大佐ばかりでなく聯隊の兵士たちも、日露戦争以来の突撃の成功体験を脳裏に焼き付けていたに違いない。日本軍は東南アジアでも英軍、オランダ軍に対して鎧袖一触、一週間で打ち負かしてきたのだ。ただただ、今回ばかりは米軍が完全に攻撃地点を読み、さらに圧倒的多数で迎え撃ったのだ。

明るい日差しの下、殺気却《かえ》って惨憺《さんたん》、恩讐一夢《おんしゅういちむ》の感為し難く、我々は万歳三唱して往時を偲んだ。近くの子供たちが遠巻きにやってきて恰も慰霊に参加してくれるかのようであった。

一木支隊を詠ず

紅顔人世不為軽　紅顔《こうがん》の人世《じんせい》　軽しと為さず

阿鼻猛攻誰惜名　阿鼻《あび》の猛攻　誰か名を惜しまん

椰子風光晴浪穏　椰子の風光　晴浪《せいろう》穏やかに

指呼総是父同兄　指呼《しこ》　総《すべ》て是れ父《ちち》と兄《けい》

○指呼とは指差しできる辺り一帯

七

十五時、いったんホテルに戻り、和食レストラン白梅で昼食。十六時には再びバスに乗り、日本の援助でつくられたという中央市場を見学した。大盛況で、たくさんの果物が並ぶ。小さなパイナップルが四個で十五ドル（二百二十五円）小さな西瓜は一個で五ドル（七十五円）だ。カツオを売る人達が大勢いる。けれどどのカツオも、もう腐りかけていて、ずっとはたきで蝿を払い続けている。日本人には食べられないだろうと言っていたら、「鮮度のいい鰹は小さな市場に行けば手に入ります」と西冨さんが教えてくれた。

市場を出て、通り沿いに中古車屋を発見、日本から来た高年式車を百万円以上で売っている。ほとんどの島民が自給自足だと思われるのに、こんな高い車をだれが買えるのだろうかと思う。けれども道路は車を収容しきれないほど渋滞なのだ。

ふたたびバスは山に入っていく。バスが通ると草葺小屋の庭先にいた家族全員が手を振ってくれる。女の子は上着を着ているけれど男の子たちは上は裸、ちいさな子はパンツも穿《は》かずにこちらを見ている。その笑顔が我々を嬉しくさせる。

「ムカデ高地」に至る。平らな土地で眺望をさえぎる樹木もないところに第二師団勇会「ガ島戦没者慰霊碑」があった。昭和十七年九月十三日、川口支隊（福岡聯隊）が総攻撃を行い、米軍もあわやと云うところまで肉薄したが後続なく失敗、第一大隊長以下多くの将兵の屍骸に覆われ、アメリカ軍が「血染めの丘」と名付けた場所だ。また十月二十四日の仙台第二師団の攻撃では、アメリカ軍はすでに陣地を固め、集音装置で日本軍の行動を察知して居り、同師団は何度も銃剣突撃を繰り返しながら、壊滅した。

此の攻撃に先立ち、先の川口支隊の失敗の反省から、ヘンダーソン飛行場攻撃を二万の大兵力による正面攻撃で行うと計画された。ところが敵航空機の爆撃により、計画の二、三割しか揚陸できなかったため（十月十四日）飛行場南側からの迂回攻撃を行うこととなったのだ。

ガダルカナルは珊瑚が隆起してできた島であり、高地は草原状である。作戦参謀たちがひと目見ただけでは、ジャングルも踏破可能に見えたのであろう。あとは現場が何とかするだろうとの、無責任な甘い考えがあったのだと思う。実際のジャングルは人を寄せ付けず、第二師団長丸山中将の名前をつけた丸山道は、兵士が一列でしか通ることが出来ない泥濘《でぃねい》の道であった。攻撃に必須の火砲も搬入することが出来ず、丸山道の入り口に放棄するしかなかったのだ。数キロに分散してしまった軍には一斉突撃を行うなど、まったく不可能であった。

夕陽を撮影しようと待っていると、下の部落から男の子たちが我々を見にやって来た。井上さんや西富さん、フランシスさんが子供に名前を聞いたりしている。

野焼きの煙がたなびき、ルンガ川が細く帯をなしている。夕陽の舂《うすづ》く中、熱心な撮影隊はまだ頑張るとのことだったが、我々は先に帰る事にした。

八

十九時、昼食と同じ「白梅」で夕食。昼間飲んだビール「ソルブルー」が口に合わなかったので、「エスビー（SB）」をたのむ。確かにこちらの方が美味しい。夕食後、井上さんの講義を聴く。内容は、安倍首相の外交とプーチン大統領について。

九

四日、七時、今朝はアメリカ人（豪人？）の団体が先に食事をしていた。中国人のカップルもいて、日本人以外が多いためか、昨日は有った味噌汁がまだ用意されていない。ガダルカナルに来て満腹を求めるのも兵隊さんに面目ないと、パンとフルーツで簡単に済ます。今日は西方面に向かう。日本の後続部隊が上陸し、また撤退して行ったところだ。

バスの中で西冨さんからアメリカの遺骨収集事情を聞く。アメリカから今日も三十人ほどの遺骨収集の人達が来ているそうだ。米軍の中にはJパックと呼ばれる組織があり、十分な予算で多数の現地住民を雇用して土砂のふるい作業まで行うのだそうだ。最後にはDNA鑑定まで行うという。それに引き換え日本では、年老いた元兵士が亡き戦友のために私費を投じて遺骨収集をしている。それを知ったフランス外人部隊のフランス人が「戦友のことをこれほど大事にするから日本軍は最強だったんだ」と感嘆したのだそうだ。

遺骨の収集活動をしているのは日本とアメリカだけらしく、米軍がそこまで遺骨収集を行うのは「あなた達の遺体は必ず本国に連れて帰ります」と言って、入隊してくる兵士たちと交わした契約を守るためなのだそうだ。

車の殆んど通らない道を快適に走り、一時間ほどでタンベアに着く。現地の人に案内されて「ガ島戦没者慰霊碑」（第二師団勇会）に至る。この海岸から昭和十八年二月一日、四日、七日と三回にわけて日本軍が撤退したのだ。

~撤退作戦(ケ号作戦)の推移~

(ケ号のケは捲土重来《けんどちょうらい》のケである)

十八年一月十四日　撤退支援のために編成された矢野桂二少佐指揮の一個大隊七百五十名と通信隊百五十名がエスペランス岬に上陸。

十五日　矢野大隊とともに撤退の詔勅がガ島司令部に伝達される。

二月　一日　エスペランス岬およびカミンボにおいて駆逐艦二十隻で、第三十八師団の五千百六十四名と海軍二百五十名を収容、ブーゲンビル島に撤退。

この頃、矢野集成大隊はタサファロングで米軍と戦闘中。この為ニミッツ司令官らは撤退支援部隊を増援部隊だと完全に誤認していた。

四日　エスペランス岬およびカミンボにおいて、駆逐艦二十隻により、第十七軍司令官、百武晴吉中将、第二師団長丸山政男中将ら陸軍四千四百五十八名と海軍五百十九名を収容、ブーゲンビル島へと撤退。

七日　カミンボより、出動駆逐艦八隻のうち四隻に一木支隊、川口支隊、矢野少佐の集成大隊計千九百七十二名を収容、ブーゲンビル島へと撤退。

八日　ガダルカナル島北岸を東西から進んだ米軍がエスペランス岬で出会い、はじめて日本軍の撤退を知る。

ここはタンベアリゾートという中国資本のホテルがあったところで、今は壊れたプールとトイレが残っている。プールの隣には屋根を草で葺《ふ》いたあずまやがあるだけで、あとはすっかりジャングルに埋もれている。現地の案内人が大きな蕃刀《ばんとう》で道をひらいてくれた。なんでも一九九八年から三年間、部族間の戦争がありこのホテルもその時、破壊されたのだそうだ。もともとこの島の住人であるガダルカナル人は競争を好まない人々であったのに対し、マライタ島から渡ってきたマライタ人は商売がうまく、激しい部族紛争が起こったのだ。あまり触れたくない話らしく敢えて詳しくは聞かなかったが、たしかに自給自足の社会の中で、現金をもち、百万もする車を買える人はますます財産家になるだろうし、給料のもらえる仕事もまずは仲間のマライタ人からとなるであろう。

七十年以上前の戦争の慰霊と回顧のために来ている我々を、すぐ最近まで戦争をやっていたここの人達はどう見ているのだろう。そう思ってふと若者の、十分長くて幅広の蕃刀を見るとちょっと怖くなった。

再びバスに乗り少し東のカミンボに至る。この海岸も日本軍の上陸、撤退地点だ。タンベアよりも小さな入り江で、救援の駆逐艦をじっと隠れて待つには良さそうだ。今は広場のようになっていて沖に一艘のカヌーが通り過ぎた。周りには人家があり、放し飼いの鶏がたくさん歩いている。日本の鶏と違って羽毛の色が派手だ。昼近くなったためか、女性二人が奥の家から出てきて屋台で鶏のモモとソーセージを焼き始めた。それほど車は通らないし、買っていく客はいるのだろうかと思ったが、要らぬ心配で楽しそうに焼いていた。

このあたりは首都ホニアラと違って家もこぎれいで、海も汚れていない。ガダルカナルの人達は、金属でもプラスチックでもごみをそのまま低いところ、たとえば川のようなところにかまわず捨ててしまうのだそうだ。西冨さんの説明では、どんなごみも、生ごみ同様、自然に分解すると思っているらしい。環境保全のためにまず、子供たちに環境問題を教育して、子供から家族にごみの捨て方を分からせよう、という試みがなされているのだそうだ。

また少し戻ってエスペランス岬のヨシモリポイント、ヨシモリ戦争記念碑に拝礼する。拳大《こぶしだい》の石がごろごろした海岸で、波打ちぎわに慰霊碑があった。碑というよりも壇といったほうがいいかもしれない。そこに比較的新しい卒塔婆が花とともに置かれていた。ここでもたくさんの子供たちが集まってきた。我々の仲間がそれぞれ壇の前で子供たちに囲んでもらって一緒に写真を撮っていく。我々が来た時にはパンツも穿いてなかった男の子が、写真に裸を撮られてはかなわないということか、ズボンを穿いて戻って来た。佐藤さんが女性らしく、子供たちにお菓子を配っていた。後で聞くと、一度菓子をあげた男の子がまた戻ってきたので、またあげようとすると、「もう自分は一度もらっているから」と断ったそうだ。バスの中でそれを聞いたみんなは「東南アジアとは随分違うね」「純朴だな」と嬉しそうであった。

ホテルから持参の弁当を食べるため近くのビザレ教会にやって来た。桟敷をかりて食事をとることができた。ガダルカナルではどんな食事が出るだろうと心配半分であったがとうとうすべて日本食になってしまった。ビザレ教会はかなり広い敷地があり、幾棟もの教室が建っていて、合唱の声が聞こえる。海岸には大きな椰子並木が植えられ、ひとりの高齢の尼僧がやってきて、根元に腰をかけ楽しそうに椰子の葉を編み始めた、おしゃれなバッグのようなものが出来ていく。

弁当を食べ終わって広い庭を散策していると、浅田さんが「銃弾の痕がある」と教えてくれた。皆で見に行くと、コンクリートの長柱に弾痕がある。それも小銃でなく飛行機の機関砲に撃たれた大きな痕だ。あとで教会の尼僧に聴いた話によると、もとは聖人像の台座があり、アメリカ軍の攻撃で教会ともども破壊されたのだそうだ。撤退時刻に間に合わなかった日本兵が五十名、ここに逃げてきたので当時の尼僧たちが食料を分け与え、すぐに山へ避難したのだが、このために米軍機の攻撃を受け当時の教会は一度完全に破壊されたのだという。戦後になって捕虜となり生き延びた元日本兵二名が、お礼にやって来たのだそうだ。我々の父祖を助けてくれた教会に、私も心から感謝した。

十

十三時、ヴィル村戦争博物館に至る。九二式十糎加農砲、九六式十五糎榴弾砲がまず並んでいる。飛行機はどれも損傷が激しくて機種もよく分からないが、そのなかでグラマンＦ４Ｆヘルキャットが目をひいた。

主翼を、ぐいっと手で押すといまだに折りたたむことが出来る。これは空母の搭載機数を増やすために折りたためる機構になっているのだ。そのかたわらに日本の九七式中戦車の砲塔があった。この戦車の砲身が通常より長く、リベット打ちではなくより進化した溶接構造なので、最新鋭の戦車を持ってきたのかもしれない。

砲や飛行機の残骸の間に、悪魔の爪を下げ並べたような奇妙な形をした朱色の花を見つけた。名前をヘリコニア、別名ロブスタークロウというらしい。なんでも知っている人はいるものだ。一度と忘れない形で、名前も砲の名前よりも覚えやすい。

続いてタサファロングの海岸に向かい、突撃、座礁したままの輸送船「鬼怒川丸」の遺構を見る。子供の頃この有名な写真を見たことを覚えている。昔の写真では、座礁した船体はずっと大きく見えていたが、七十年経って今はわずかに柱一本と、エンジンの上部が見えるだけだ。これからも波に洗われ続け、いつかは消滅していくのだろう。海岸にはまだなにかの鉄の遺構が白沙になかば埋もれて残っていた。

十一

十五時二十分、ここからジャングルに入るので防虫スプレーをして下さいと言われてバスを降りる。いよいよジャングルかとわくわくしながらたっぷり両手両足、首筋にスプレーをした。

このあたりは「コカンボナ」というらしい。文献によればポハ村ともランブ村ともナナ村とも書かれていてどれが本当かよくわからない。「＊＊村？」「イエス、イエス」となってしまったものか。ここに全国ソロモン会の慰霊碑があり毎年碑前で御遺体の焼骨を行っているそうだ。

村の広場にバスをとめてジャングルへ、と思ったら、実際はあっさりとしたカカオ林の畑だっだ。黄色いカカオの実をひとつ貰って割ってみるとその中にまたいくつかの白い実が入っている。そのひとつを口に入れると、甘いような酸っぱいような食べにくい実だった。

カカオ畑をぬけるとそこは広場になっており石碑が三基並んでいる。そこへ後ろから村人が三人入ってきて急いで草を刈り始めた。日本の慰霊団のためにこうやって管理してくれているのだろう。碑の背後には車両が一台置かれている。表示にはキャタピラ式で十五糎榴弾砲の六頓牽引車だとあった。ヴィル村の戦争博物館にもあったように、日本軍はガダルカナルに最新鋭、最高の物資を運び込んでいたのだ。そして最強といわれた部隊を送り込んだのだが、それを殆んど活用できず虚しく磨り潰してしまった。

全員で「君が代」と「海逝かば」を斉唱し、野戦重砲兵第四聯隊慰霊碑の前で旭日旗、日章旗を掲げ集合写真を撮った。ここで井上さんが西冨さんにインタビューを収録することになった。以下はインタビューの内容。

「西冨謙太郎氏は全国ソロモン会の理事であり、厚生省や遺骨収集団などの来訪に備え、どこを捜索すればよいのか、そこの地権者は誰か、野営のための水源の確保は、などの下調べをしている」

「焼骨の方法は、鉄板を五、六枚ほど敷いて木材を井桁に組み、バナナの葉を置いてその上で御遺骨を荼毘に付す」

「御遺骨は去年は百二十柱ほどが見つかり、おもに日本大使館で保管し、そのほかに通訳のフランシスの家、それから西冨氏のところにも現在三十三柱の御遺骨がある」

「はじめて自分の寝室に祭壇を作り、線香を焚いて御遺骨を安置して寝た時は重圧を感じた」

インタビューの間、椰子《やし》の木を見上げていた。ときどき椰子の実が下にいる人を直撃する事故があるのだそうだ。そのうちに、奇妙な形の鳥が数羽、椰子から椰子へ飛び渡る。いそいでカメラを出して、殆んど真上を向いて鳥の現れるのを待っていたが、結局写真には撮れなかった。まるで白昼の夢のようであった。

感懐

故国人云往事非

素花簇得吐芳菲

緑林茂處嵩呼振

墓畔紅禽頻乱飛

故国《ここく》の人は云ふ　往事《おうじ》　非なりと　○往事＝過ぎたこと

素花《そか》　簇《むらが》り得て芳菲《ほうひ》を吐く　○素花＝白い花、プルメリア

緑林　茂《しげ》る処《ところ》　嵩呼《すうこ》　振るう　○嵩呼＝万歳　武帝の故事

墓畔《ぼはん》の紅禽《こうきん》　頻《しき》りに乱飛《らんぴ》　○紅禽＝赤色のとり

すべての日程を終えてホテルに帰る。井上さんはホテル支配人の山縣雅夫氏、海外青年協力隊の河野さん、山登君のインタビューを行っていた。夕食後には我々のために現地人のダンスショーがあった。遠くの

島から一日がかりで来たのだそうで、最後まで観賞した。

十二

八月五日、十時三十五分ホニアラ空港を発、二時間でポートモレスビーに着く。機材今回はボーイング737―700。空港は新興国らしく（一九七五年独立）たくさんの国旗が誇らしげに強風に靡《なび》いている。南旗は対角線に上が赤、下半分が黒に分かれ、赤地には金色の極楽鳥、黒地には南十字星が描かれている。南十字星の真ん中やや下、ひとつだけ小さな星は、キリストが十字架に磔《はりつけ》された時、槍を脇腹に刺された血の跡です、とルディさんが教えてくれた。ルディさんはポートモレスビーからラバウルを案内してくれるガイドで四十六歳、浜松で日本語を勉強し、仙台で農業を勉強したそうだ。しかもそこで日本人の奥様をもらい、奥様はパプアニューギニアで旅行会社を経営とのこと。

空港ビルは大層な込み具合だ。玄関でバスを待つと次から次へとタクシー、バスが通る。志村ロッジというホテルに向かう。道中土埃《つちぼこり》の中、どこでも建設の槌音《つちおと》が聞こえるといった感じだ。志村ロッジでは元駐日大使だったという御夫妻とルディさんの奥様（小柄で若い女性だけれども今日からの旅行手配をしてくれる会社の社長さん）が出迎えてくれた。食堂は大きくも豪華でもないが、明るく清潔で、日本食をたくさん用意してくれ、歓迎ムードいっぱいであった。

元大使が立って差配している場所には　天皇皇后両陛下の御写真が飾られていた。その配慮に感激して、ビールに酔った振りで、大使に日本での印象を聞いてみた。新任の挨拶で皇居に行かれた時は馬車に乗られましたか、とか。下手な英語にも、丁寧に応じていただけて嬉しかった。

ホテルの玄関に鈴木瓦店ＰＮＧ支店と書かれている。この会社がホテルのオーナーだろうか。ルディさんによれば、日本の屋根瓦が、建設需要の旺盛なポートモレスビーではこれから伸びていくのだそうだ。

元大使御夫妻に手を振られて空港に戻り、十五時三十分、フォッカー１００でラバウルに向かった。

莫《モ》爾《レ》茲《ス》比《ビー》空港

新興熱鬧映窓窓
空港風吹頻鼓杠
極楽鳥翔星十字
倶同經度正隣邦

新興《しんこう》の熱鬧《ねつどう》　窓窓《そうそう》に映ず
○新興＝同国は一九七五年独立の新興国
空港に風吹き　頻りに杠《はたばしら》を鼓《こ》す
極楽鳥は翔《あまが》けり　星　十字
倶《とも》に経度を同じくす　正に隣邦《りんぽう》

十三

十七時十五分、日没前にラポポプランテーションリゾートに着く。ホテル従業員から花の首輪《レイ》と椰子の実ジュースをもらう。椰子の実を抱えながらホテルの庭にしつらえた、零戦のものらしきエンジンやプロペラを眺める。暮れはじめた海上には島だろうか、大きな山が正面に見える。部屋割りで私は離れの上階になった。部屋に入ってみると、南国のリゾートホテルらしく、木製の家具、カーテン、ベッド、どれも清潔で気持ちがよい。海側と東側は全面ガラスのガラリ窓になっていて、開けると涼しい風が入ってきた。昼でも最高気温は二十九度と言っていたから、日が落ちるとかなり涼しい。毎日三十五度の日本に居たことを考えると避暑に来たようなものだ。冷房をかけずに寝てみようと思う。

十四

朝、海岸を散歩する。昨日見た島だと思ったのは、ラバウルの「母山」「妹山」らしい。海上、東の方向にも今朝は二つ平らな陸地が見えた、こちらは島だ。

八時十分にホテルを出発し、ココポ市街を通ってラバウル方向に向かう。

ラバウルでは日本占領時、すでに周囲の山が噴火を繰り返していたが、平成六年、街の東にある飛行場正面の花吹山《はなぶきやま》と、南の西吹山《にしぶきやま》（現地名ブルカン火山）が、街を扼《やく》するように噴火、ラバウルはすっかり火山灰に埋まり、彼《か》のラバウル飛行場は五メートルの地下に埋もれた。現在は灰を取り除いて細々と復興しているが当時の州都であったラバウルの機能は、飛行場を含めてコポポに移ってしまっている。

ラバウルの手前でまず大発《だいはつ》洞窟を訪れた。洞窟入り口に大発一隻が船尾を曝《さら》している。洞窟奥に向かって数隻の大発が並び、ライトがあれば奥まで行けるようであったが、手前の二隻を見るだけで十分だ。船は所どころ壊れて穴が開いているが原形は殆んど保たれていて、高く独立した舵輪もしっかりしている。書かれた文字も光が当たらないためか鮮明に残っていた。

外に出ると、十数人の子連れの人々が現れて、ロープを張り、布、Tシャツを掛けて店を開き始めた。布はショールにするのか風呂敷か、色彩豊かでお土産によさそうだと思ったが、奮発して木製の楽器を買ってみた。長さ三十センチほどの太い木を黒く塗り、深い溝が切り込んであって、そこに付属の棒を差し入れて叩くと乾いたよい音がする。叩き方を教わるうちに、みんなも三々五々戻って来た。腕輪飾りなどをたくさん買い始める。売る人達も、にこにこして我々が買い物を終えても立ち去らない。手を振ってバスは次の病院壕に向かった。

五分もするとまた洞窟で、日本軍の病院壕だという。私はあかりを持っていないので、皆の後ろをついて回ったが、かなり広く、多くの部屋もあり、大勢の傷病兵を収容できそうだった。奥から外光が見えたので、ひとりで外に出てみた。そこは広い個人の庭らしく石畳が敷かれトイレなども見える。ぐるっと山を降りて洞窟の入り口に戻ると井上さんたちが土地の老人と話をしている。井上さんと西坂さんが日本海軍の海軍帽を被っていたので、懐かしさで、話しかけて来たのだそうだ。ツアーの皆が集まってきたところで、井上さんが「こちらのワイナウさんがさっき日本の歌を歌ってくれたんですよ」と紹介した。皆が取り囲む中、ワイナウさんが「荒城の月」と「海逝かば」の二曲を歌ってくれて、全員が大感激であった。以前、戦争中のラバウルの紀行文（昭和十九年刊「南太平洋の決戦」）を読んだ中に「原住民らは唄がすきです、毎日町に働きに出るものが軍歌を覚えてきて、部落のものに教へるからです。意味は判らないでせうが、階調と言葉に誤りがないのですからえらいものです」と書かれていた。ワイナウさんも戦争中は五，六歳だったろうからそうやって覚えたのだろう。

井上さんがさらに「知っている日本語が有りますか」と問うと「防空壕はいれ」「飛行機　爆弾」と答えてくれた。皆もワイナウさんも笑顔であったが、それはおのおのの戦後の七十年に思いが及んだためだろうか。苦労しただろう戦争中の当時のことがしのばれた。

十時五分、ラバウルの市街に入り、バスで日本軍の掘った防空壕を見ながら山道を登る。目的地は火山測候所と呼ばれる場所で、日本が火山活動を調べるために接収した場所らしい。市街を見渡せる空き地でだれが持ってきたのか昭和二十年五月と書かれた地図をひろげる。敗戦間際の地図だ。山中の小道にまで日本名がついている。砲台の所在や西飛行場の位置まで書かれている。（対して東飛行場がラバウル飛行場だ）今居る場所が測候所山なら目の前が姉山だ。皆もこの珍しい地図を写真に納めていた。

山を降り、かつて火山灰から掘り出したメインストリートを通って、山本バンカー（海軍司令部）に至る。構造物を見てはずかしながら初めてバンカーの意味を悟った。私にはブンケル（掩体壕）あるいはブンカーと言われた方がわかりやすい。偽装された厚いコンクリート屋根が地面を覆って、脇に地下に通じる階段口がある。中はまっくらで、地下室の広間のようなところに一旦集合して、数人ずつが懐中電灯をたよりに上部階を見ていく。上部階にのぼると壁と天井に地図が書かれている。狭くて息が苦しくて、ここで本当に作戦指揮がとれたのだろうか。

掩体壕から出てみると花や木が植えられていた。また連装の機関砲が据えられていた。ここも大事な観光資源なのだろう。いつのまにか地元の男たちが集まってベンチでのんびり談笑していた。

十一時二十分、東飛行場（ラバウル飛行場）に至る。火山灰に覆われた広大な場所だ。ラバウル飛行隊も見ていた花吹山が眼前にある。滑走路の真上とおぼしき場所で黙祷を捧げた。日本の撃墜王達は、このラバウルで技量をあげ敵に立ち向かっていったのだ。ガダルカナル攻撃にも当初から参加し続けたが、ガダルカナルまでの飛行時間が四時間、燃料を考えるとわずか十分間しか戦えなかった。そして帰途につく我が軍の少なからざるパイロットが疲労の為昏睡して墜落していったそうだ。そうなると大声で呼びかけても助からなかったという。

しばらくすると遥か彼方から砂煙をあげて人々がやってくる。まさかとは思ったが、やはり日本人に土産物を売ろうということらしい。いつも商品を持ち歩いているのだろうか、たちまちTシャツや工芸品を並べ始める。笑顔におされて皆いくつかのお土産を買っていた。

十二時十分、町に戻りラバウルホテルで昼食。天井には九九式二十粍機銃、爆弾、貝の貨幣が飾られている。貝の貨幣は直径一メートルほどの輪に結わえられていて、この形で今でも時として貨幣同様、使われることがあるらしい。この大きさであれば、かなりの財産になるのだそうだ。

食後再び、飛行場に向かう。火山灰から掘り出したと思《おぼ》しき、九七式重爆撃機を見る。修理中か待機中だったものが破壊されたまま残ったのであろう。また現地の人達が商品をもって集まってきた。三度目の今度はさすがにだれも買おうとはしなかったが、集まった現地の人達はそれでも皆楽しそうだ。二十代ぐらいの女性が「ラバウル小唄」を歌い始めた。結局なにも買わなかったがそれでも好かったらしい。バスが出発する時もまるで友人とちょっと別れるかのように手を振ってくれた。

どこをどう通ったのか、十分ほどで平和記念碑に至る。この記念碑は南太平洋全体の戦没者を慰霊するかなり大きな屋根や部屋を持つ記念碑だった。慰霊参拝後「ラバウル航空隊」と「海逝かば」を合唱する。

我々がバスに乗り始めるとちょうどオーストラリア人のカップルがやってきた。何があるの、といった感じだったが、敵国人ながら井上さんが慰霊碑だと説明すると、笑顔を返して参拝のために入っていった。こうした常識のある人々がいる反面、理解しがたい人々がいて、入り口付近の「戦没日本人之碑」などは、あきらかに人為的に毀されていた。残念なことだった。

十四時五十分、ＳＵＢＭＡＲＩＮＥ《潜水艦》　ＢＡＳＥ《基地》と書かれた看板を見ながら小さな海岸に入っていく。名前に反してとくに潜水艦を着けられる様な場所ではない。右側に浸食された洞窟があった。数人ずつが行って覗《のぞ》いて見ると短い洞窟で奥に抜けられるようになっている。日本の潜水艦が運び込んだ物資をここからひそかに陸揚げしたのだそうだ。

戻ってみると上半身裸の少年がこっちこっちと手を振るので、隣家の庭に登っていった。二十五ミリ機関砲が置かれていたが、そろそろ兵器にも食傷気味で、ざっと一通り見て庭奥の道からもとの道に出て来た。そこに皆も上がってきたので、一緒に岬への階段を上り始める。かなり急な階段で途中には大砲を据えたトーチカがあった。他にも戦争当時のコンクリート構造物があり、監視哨として掘られた穴があった。狭い穴に入ってみると中はかなり広い。つきあたりには穴が開いていて首を出すと直下には波が打ち寄せていた。

ここなら砲を据えて砲弾も貯蔵できただろう。外に戻り、さらに登ると強風が心地よい。階段で深呼吸していると、さっきの子が後ろから腰を押してくれる。そんな歳じゃないよと言いたかったが、少年から見ればまあ十分年寄りだろう。ありがとうと日本語で言っておく。

頂上には、探照灯の基部が残されており、三方は海で幾つか島影も見える。絶景だった。きっとここからは基地に侵入してきた敵機と迎え撃つ零戦の空中戦が見えたことだろう。

ふたたびバスに乗り山本五十六大将が最後に飛び立ったという西飛行場に向かう。

山本大将は真珠湾奇襲攻撃の発案者として、また連合艦隊司令長官として、三歳の児童でも知るという国民的英雄であった。昭和十八年二月のガダルカナル撤退、三月三日には七千人の陸兵を乗せた輸送船団とともに駆逐艦四隻が沈没するなど敗報の相次ぐ中、国民の中からは彼の陣頭指揮を期待する声が澎湃として沸き起こっていた。当時、山本大将は「近ごろ内地では陣頭指揮とかいうことが流行っているようだが、本当を言うと僕がラバウルに行くことは感心しないことだ。考えてみたまえ、見方の本陣がだんだん敵の第一線に引き寄せられていくというのは大局上芳《かんば》しいことではない」と語っている。けれども山本大将が四月三日にラバウルに到着すると、航空機の増援と相俟《あいま》ってまずまずの戦果を挙げるようになったのである。このため山本大将は自らブーゲンビル島とショートランド諸島の将兵の激励を望んだのである。

それにしても道行く人皆が、バスに向かって手を振ってくれる。初めは手を振ってくる人にだけ手を振り返そうと思っていたが、もうだれにでも最初から手を振ることにした。学校帰りらしい同色の短パンの学生たちや、上半身裸の小さな子、Tシャツの男たちもワンピースのおばちゃんたちにもだ。

すでに夕方十七時、家がまばらに立つ草地に到着。ここが西飛行場だ。昭和十八年四月十八日、ここから、ショートランドのバラレ島に向かった山本大将は、暗号を解読して待ち構える米軍機にブーゲンビル島上空で、暗殺されたのだ。

また近所の人達がもの珍しげに集まってきた。なかにルディさんの知り合いも何人かいるらしく、飛行場について何か知っているか尋ねていたが特に情報はないらしい。何もない原っぱを眺めるだけで今日の探訪は終了した。


（注　最新の暗号で送られた「GF（連合艦隊）長官四月十八日０６００ラバウル発。０８００バレル着。・・・」の電文を、ショートランドの基地司令が簡易な航空機用暗号を使い、かつ出力の大きな送信機で分遣隊に転送した為、アメリカの潜水艦に傍受されたと言われている。米ガダルカナルからの暗号解読の報告にホワイトハウスのルーズベルト大統領は直ちに暗殺を許可、ガダルカナルのアメリカ軍は戦闘性能に劣るも、速度が出て航続距離の大きなP３８ライトニング十六機に増槽（予備燃料タンク）を取り付け、暗殺に向かわせた。これに対し日本側では、当該空域が米軍機の及ばないことに安心していたものか、山本大将及び参謀が乗る一式陸攻二機に、わずか六機の零戦を東飛行場から護衛に付けただけであった。P３８は山本機到着予定の一分前に定位に待機、時間通りに飛来した一式陸攻を四機のP３８が後方から襲い掛かった。一式陸攻の後上方《うしろ》から随伴していた零戦は盾となるべくこの四機に向かったが、山本大将の乗った一番機は直ちに被弾墜落、参謀の乗った二番機は海上に不時着した。一番機を最初に銃撃したレックスバーバー中尉機は百四十発の銃弾を受けたが他の一機とともに帰還、一機不時着、一

機未帰還、他の同道したＰ３８は戦闘に参加せず帰還した）

十五

八月七日最終日は学校訪問だと言う。小学生たちが、我々に日本の歌を歌ってくれるそうだ。観光で来ただけなのに、なぜ小学校に行くのだろう。しかもこんな髭面の男なのだ。（ひげそりが飛行機に持ち込めないので、ずっと伸ばし放題にしていた）ツアー一行の中にも体調不良で参加せず、ホテルに残るという方もいる。結局素直に、八時、バスに乗り込んだ。

昨日の午後からバスのクーラーが壊れていたのだが、やはり朝になっても直ってはいなかった。昨日運転手が直しますと言っていたのだが、予想通りだったので誰も文句は言わない。このツアーのメンバーは温厚な人ばかりで、文句やわがままを言う人がさいわいにもひとりもいなかった。窓を開けて走れば、南国の風がさわやかだった。

車中でルディさんが、現地の言葉を教えてくれた。「おはようございます」は「マラナ」または「ボイナマラナ」。小学生に使うのだ。みんなが「じゃあさよならは」とか「ありがとうは」と聞く。それぞれ「ヤウロー」「ボイナ　トゥナッ」と教わる。

八時四十五分、バスの一番前に座っていた井上さんが、「日の丸、日の丸だ」と叫んだ。日の丸の小旗《こばた》を持った子供たちが歩いている。たちまち林の中、道の両側に数十人の子供たちが手製の日の丸を振って出迎えてくれた。ルディさんの指示でバスを降り、一列になって子供たちの大歓迎の中を進んだ。まず大きな演台の前に並んだあと、小学校の女子生徒一人一人から色糸を束ねた首輪《レイ》をかけてもらい、椰子の葉で編まれた手提《てさ》げを貰った。ガ島のビザレ教会で尼僧が海辺で編んでいた手提げだ。

両国の国歌斉唱があり、我々は演台にあがり、椅子に座って先生方の挨拶を聞いた。

先生方のお話は英語なのか、英語によく似たピジン語なのか、「今日は原爆が落とされた日です」と言ったことだけは聞き取れた。話の続く間にいろいろルディさんが教えてくれる。小学校は八年制で一年、二年は六、七歳で日本の幼稚園、三年生から八年生が日本の小学校にあたると言う。八年生は、見た目は日本の高校生のように見える。ここはタヴイリウ村ただひとつの小学校で、昨日の潜水艦ベースのあった村で、だから親日的なんだという。

校長先生の訓示の中に、盛んに「ユミ、ユミ」という言葉が出てくるのでどういう意味ですか、と聞いてみると「ｙｏｕとｍｅで、我々という意味です」と教えてくれた。

「我々は、我々は」と何度も何度も言っていたわけだ。日本の学校だったら「みなさんは」と言うところだろう。この言葉だけで、ここの人達の、村落とか共同体に対する疑いのない一体感、愛着や誇りを感じることができた。

で、いよいよ小学生たちの歌だ。

カラーのテープを持って、振りつきで「もしもし亀よ」を歌ってくれる。簡単な歌だけれど、外国語の歌をよくこんなに間違えず歌えるものだ。熱心に練習したのがよくわかって感激だった。「どうしてそんなにのろいのかあ・・・ガッ」歌詞の最後に、ガッという言葉が付くのがちょっとラバウル風の味付けなのか微笑《ほほえ》ましい。

次に我々が返しの歌を、と思っていたら、一人のおばあさんが歌わせてくれとやって来た。村人たちがどんどん集まってきているのだ。飛び入りでまず最初に「ぽっぽっぽっ鳩ぽっぽ」と歌い始める。次に「とんとんとんからりんの隣組ィー」と歌うと子供たちが爆笑する。「とんとんとんからりん」が面白いらしい。メドレーで「春が来た」「日の丸」「とどろく　とどろく足音」「僕達が君が代だ」「愛馬進軍歌」など十曲近く歌ってくれた。

次に我々もバスで打ち合わせた通り、姿勢を正して「海逝かば」を斉唱した。後で聞いたことだが、このおばあさん、マリステラガメラさんは、兵隊さんたちから歌を教わったんだそうだ。

式典が終わって、お祭りが始まった。

十人ほどの民族衣装をつけた男の子たちが出てきて歌いながら踊りを始めた。赤い腰巻を付け、ふくらはぎには白絵の具で線の模様、首に大きな葉っぱを巻き、頭には鳥の羽をたくさんつけている。片側の目にだけ、縦に絵の具で髪の生え際から口元まで黒い帯が描かれ、黒い肌にスタイリッシュだ。元気いっぱいに踊る子もいれば、恥ずかしがりながら踊る子もいる。小学生だけで百人も二百人も居そうで、踊りを見ている子もいれば、はしゃいで先生に木の枝ではたかれている子もいる。貰った椰子の葉の手提げを見ていたら、（ただ一枚の複葉だけで編まれているのだ）「これはわたしが作ったんです」と女の子に言われた人がいる。手提げを作る子、渡す子と分担があるらしい。私のには落花生とサトウキビ、パッションフルーツが入っていて、中身を用意したのは男の子の役目だったらしい。パッションフルーツは食べたことがなかったが、あとで井上さんが「これはすごいですよ、パッションフルーツと言って沖縄とかでは一個五百円で売ってましたよ」と教えてくれた。

次に先生達であろうか、大人たちが、半裸にバナナの葉の腰蓑《こしみの》でやって来た。体半分を腕から足まで黄色に塗っている。そして片膝をつき片手をあげたポーズをとると、まわりの男たちが細い二メートル程の棒でビシッと打ち始めた。棒は手首に巻きついて、ちぎれて飛んでいく。男性にやってみるかと声を掛けられたが、すぐノー、ノーと言って手を振って断った。当たりを間違えるととんでもないことが起きそうでとてもやれたものじゃない。これは勇気を見せるためのものだろうか、それとも日本の豆撒きのように、悪魔を追い払うものなのだろうか。

最後に我々が植樹をするという。

ルディさんはもともと日本の財団法人オイスカの人間で、「子供の森計画」というプロジェクトに携わっているのだそうだ。このプロジェクトでルディさんは既にブーゲンビル島で七十の小学校、ラバウルでは六十の小学校で植林をしてきたのだそうだ。それに我々も参加していると言うわけだ。

いよいよ植樹で、我々一人につき現地の人がふたり付いてくれる。海を見下ろす斜面にマンゴーの木を植えた。この木が大きくなったら見に来たいと思ったが、成長が早いから切られてしまう前に、つまり二十年以内には来なくてはいけない。

自分の植えた場所を写真に撮っていると、二人の男性が一緒に写真に入ってくれと頼んできた。こんななんでもない、髭面の私と?と思ったが、恐縮しながら、申し訳なさの半笑いで写真に納まる。近所の大人たちもこのお祭り騒ぎにカメラをもって集まって来ていたのだ。

笑顔の中、いよいよお別れでバスに戻る。貰ったレイをつけて大事な椰子の葉バッグを持って。

老女の歌

紅鳥喈喈緑鬱猗
紅鳥喈喈《かいかい》　緑　鬱猗《うつい》たり
○喈喈＝楽しげな鳴声　○鬱猗＝鬱蒼

飼鶏采葛不知期
鶏を飼ひ葛《かずら》を采《と》り期をしらず
○不知期＝時の過ぎるを知らないで

当年童女往時曲
当年《とうねん》の童女　往時の曲

清唱令開新客眉
清唱　開かしむ新客《しんかく》の眉
○眉を開くとは笑顔になること

南溟泛島浪漫漫
南溟《なんめい》　島を泛《うか》べて浪漫漫《なみまんまん》
○南溟＝南の海

兵去妾居航路難
兵《へい》去って妾《わらわ》は居《きょ》す　航路　難《かた》し
○妾＝女子の一人称（謙譲語）

七十年光光不奪
七十の年光　光《ひかり》奪はず
○年光＝つきひ、光＝思い出

何忘胸裏舊金蘭
老女逼臺容色嬌
驚聴故国舊歌謡
兒童欲笑吾終泣
絶海皇天通好遥

何ぞ忘れん胸裏の旧金蘭　○金蘭＝友情
老女　台に逼《せま》りて容色《ようしょく》嬌《こ》ぶ
驚き聴《き》く故国の旧歌謡
児童は笑はんと欲して吾《われ》は終《つひ》に泣く
絶海《ぜっかい》　皇天《こうてん》　好《よしみ》を通《つう》ずること遥《はる》かなり

十六

オイスカの研修センターに向かう。その前に峠越えだ。ルディさんが車窓から見える樹花の名前を教えてくれる。青空に向かって立つ喬木《きょうぼく》はアフリカンチューリップ、朱色の花が美しい。日本名は火焔木（カエンボク）また白い花を着けているのはプルメリア、現地語でフレンチペニーというのだそうだ。

峠のバス停で車を留める。現地の人達が話をしたり座って休んでいる。誰かがバナナを買って来てくれた。最高に美味しい。日本ではどんなものでも品種改良して美味しくしてしまうが、バナナだけはこちらの方がずば抜けて美味しい。

峠から西側が大きく開けている。眼下、遥か彼方《かなた》まで深いジャングルが覆っている。遠くに見えるのは山脈か海か、ガスがかかっていて杳《よう》として知れない。太古の世界に迷い込んでしまったようだ。そう思って見ていると、下からおばあさんが杖をついて崖を上がってきた。みんなが吃驚《びっくり》していると、この下に彼女の畑があるのだそうだ。

深い樹林を東に下《くだ》り、ワロンゴイ川に出る。林の中にオイスカの研修所があった。ここでもまた大勢の人々が日章旗を持って並んで待っていてくれた。一人一人に「こんにちは」と挨拶し握手をする。横山さんと「こんなたくさんの人達と握手なんかしたことないですね」と照れまくりだ。そしてすぐに食事になった。所長の歓迎挨拶のあと日本人顧問の上原さんの説明があった。要旨は以下のとおり。

① 一九九四年、前任地パラオから来て、その頃は化学肥料を使った。その結果ウンカが凄かった。その後有機栽培にして化学肥料は止めました。

② 二十二年いて日本人として嫌な思いをしたことは一度もありませんでした。それは戦時中、日本の軍人が現地の世話をきちんとしていたからだと思います。

③ オーストラリア人は現地の人達を牛馬のようにあごで使っていた。バスを見ても豪人には手を振らないけれど日本人だからみんな手を振ってくれるんです。

私のテーブルにはオイスカ研修所の所長のペシスさんが座ってくれた。

ペシスさんに稲作の話を聴いてみた。ここでは陸稲《おかぼ》で一反あたり五俵（三百キログラム）の収穫があると言うことだ。少ないなあと思ったが、たしかルディさんは年に三回収穫できると言っていたので年に十五俵、有機栽培なら取れすぎだ。英語が出来ないので詳しいことは聞けなかったが、うまくいっているということだろう。オイスカは独立採算なのだということも聞いた。

食事が終わり、別棟の講堂に案内された。積み重ねられた塩ビ管の束と、ブルーの制服を着た、たぶん研修生たちだろう、が三十人ほど待っていた。ここでも歌を聞かせてくれるという。合図を待って、ゴム草履で塩ビ管の口を叩く。三十人もの若者が一斉に大きな声で「ラバウル小唄」を歌い始めた、ゴム草履と塩ビ管は絶妙な音を響かせる。涙目になった井上さんがマイクを持って研修生の声を拾う。我々ツアーも一緒に声を張り上げて合唱した、涙の出るほど感激の競演だった。最後に全員で万歳三唱をし、思い出の為に集合写真を撮った。

十七

十四時三十分、ココポ戦争博物館に至る。オイスカの研修所から三十分ほど、わがツアー最後の目的地だ。入り口には英文で「東ニューブリテン歴史文化センターココポ博物館」と書かれている。敷地いっぱいに置かれた兵器の殆んどは日本軍のものだ。十一年式軽機関砲、八九式十五糎加農砲、十年式十二糎高角砲

（海軍）、九四式三十七粍速射砲（陸軍）、爆弾装填機、ロードローラ、戦車回収車、探照灯、九五式軽戦車、M2594と呼ばれる水陸両用戦車（もちろん日本軍）、九三式酸素魚雷（わざわざ英語で酸素と表示、世界で日本軍だけが酸素魚雷の実用化に成功した、ここの博物館の日本軍に対する敬意が感じられる）九六式二十五粍高角機銃、それに日本軍の爆撃機、戦闘機。

事務所の中に入っていくと、博物館である証拠に、精霊「トゥプアン」がカヌーに載っている模型があった。「トゥプアン」とは、神聖な存在らしいがルディさんの説明でもよくわからない。いいものか、悪いものかも。上階に上がるとB17（アメリカの爆撃機）の一部が展示されていた。日本語の解説を読むと、彼の国の英雄が乗った爆撃機らしい。そのほかに、オーストラリアの国旗、英国空軍の搭載機銃が展示されていた。ひとりが「連合国のものだけ大事に屋内に展示している」と冗談に言っていたが、まあそんなこともないだろう。

終章

八月八日、七時五分、ラバウル空港発。八時二十分、ポートモレスビー着。

ポートモレスビー市街をバスに乗ったまま観光。治安が悪く、市場で普通に強盗に逢うのだそうだ。港隣接のショッピングセンターでお土産を買う。お薦めはラバウルのカカオを使ったチョコレート。さらに旅行会社からニューギニアコーヒーを頂く。日本料理店で食事後、十四時、ポートモレスビーを出発。帰りは予定より早く十九時五十五分に成田に到着した。

帰国後、写真を整理して冊子を作った。たまたま営業に来た銀行員がその冊子を見、「じつは自分の祖父はガダルカナルの飛行場を作りに行っていたんです」という話になった。無事に帰って来る事が出来て、今も元気でおりますと言う。話がはずんで詳しく旅行の話をしたが、「今度、実家に帰ったらもっと祖父に聞いてみますよ」と言って帰っていった。

さらに次の日、近所の人に「髭を生やしたんですね」と声をかけられ、ガダルカナルとラバウルに行ってきたんです、と返事をすると、またその人の父親もガダルカナル、さらにラバウルに行って帰ってこられたのだと言う。ガ島に派遣された兵員三万一千のうち、撤退できたものが一万六百名。その中の二人が、私のすぐ周りにもいたわけだ。

九月十日、産経新聞にカラーで「激戦地から祖国へ　荼毘《だび》に付される戦没者の遺骨」の記事が出た。場所はコカンボナの全国ソロモン会の慰霊碑前。記事は以下のとおり。

「焼骨・追悼式が九日営まれ収集団四十名が参加、遺骨は百八人分。神式と仏式の慰霊祭と法要が営まれた」

沖縄遊記

序

二十年一月二十五日の金曜日から三日間、沖縄の戦跡を訪ねるツアーに参加した。座間味、渡嘉敷で行われた集団自決の検証をするというので、最初は悲惨な話ばかりを聞くのもと躊躇があった。それでも以前、曽野綾子の「『集団自決』の真実」という本を読んで多少は興味があったことと、政治的であって良い筈のない教科書検定が政治家の思惑で覆されるという異常事態が進みつつあったためである。また手元には〈おきなわ文庫〉の琉球漢詩選があった。南海の風景を見て、我が詩嚢《しのう》に加えたいと思ったのだ。

沖縄に着いて渡された日程表を見ると、空き時間がかなり多い。のんびりした旅となると思ったが、過ぎてみれば感動の三日間であった。

次々に新事実がわかり、また高名な先生方が「机で一所懸命文献を読んでわからないことが、現地に来て初めてわかりました」と我々の前でも驚きを隠さなかったのは印象的であった。

この感動を残すためにこの遊記を書いた。当初、文章にするつもりがなかったので、記憶がはっきりしないところもある。けれどもはっきりしない部分はここには記さなかった。

出発

最近沖縄では、中国との友好・交流施設が盛んに作られている。これに対し日本政府は資金や補助金を出すのみで、却って日本と沖縄との長くつづく交流の方はまったく喧伝《けんでん》しない。教育の現場や出版物では、沖縄戦のさなか日本軍に住民の食糧を奪われたとか、暴行を受けたりだとか、さらには兵隊が自分の身を守るために住民を壕から追い出したなどという話がまことしやかに伝えられている。けれども本土復帰以前、私が子供の頃に聞いていた話では、女性たちが、避難するよりも日本軍と一緒に居たいと軍人の壕に行ったところ、兵隊さんに無理やり壕を出されて結局助かる事が出来ました、兵隊さんたちは、ほとんど火炎放射器にやられ、玉砕するか自決していきました、という話であった。同じ話しが、いつからこんな風に変わってしまったのだろう。最近では、日本軍が幼い子供を殺すために毒おにぎりを食わせたと沖縄県議会議長が証言している、このような荒唐無稽な話を信じる人が、本当に沖縄には居るのだろうか。

私たちが参加した日本エアービジョンのツアー（私たちはこの旅行会社の担当者の名前からいつも浅田ツアーと呼んでいる）は、今回は座間味・渡嘉敷における集団自決が日本軍の命令で行われたのかどうか、現地の人の実際の証言を聞くというものであった。

また旅行間際になって衛星放送（スカイパーフェクトＴＶ）の保守派の番組、〈チャンネル桜〉の井上和彦キャスターも参加するということがわかり、全国から反日活動家が集まり闊歩する沖縄で、我々はどんな対応を受けるのだろうかと不安になる。この浅田ツアーには、実際の戦場を経験された方、満洲からやっとの思いで逃げ帰られた方や、シベリアに抑留されていた方々が多いので、日本軍が酷いことをしたなどと言われて動揺する人はいないだろうけれど。

一月二十五日、朝七時に集合場所、羽田空港二階出発ロビーに着く。背の高い浅田さんをすぐに見つけた。何度か一緒になった人も見える。井上キャスターがテレビのスタッフの人たちと打ち合わせをしている。テレビや雑誌によく出る秦郁彦先生、中村粲先生がおられる。浅田さんに参加者名簿を渡されて見てみると参加者は三十八名、新しい教科書をつくる会の会長で、いま軍命令あったかなかったかで活躍中の藤岡信勝先生の名前がある、たしか二、三日前に藤岡先生は沖縄で講演会があったはずだ。浅田さんに聞いてみると那覇到着後、藤岡先生ほか数人と合流のよし、いよいよこのツアーは本格的な調査である事がわかる。「豪華なメンバーが集まりましたね」そう言って陸軍史研究家の奈良保男先生が話しかけてくれた。ここでおたがいに自己紹介、「何度かお会いしていますね」ということで、一緒になったツアーはどことどこでしたかとひとしきり話をする。奈良先生が以前ツアーのバスの中で「婦人従軍歌」などという珍しい歌（当人には珍しくもなんともないらしい）を歌っていたのを思い出し、また歌って下さいとリクエスト、それから「沖縄で軍歌を歌うと反感かいますかねえ」と付け加える、先生はそんなことはないですよと言って他の参加者のほうに挨拶に行かれた。他に、いつもにこやかな滝沢さん（満州で苦労された御婦人）が座っておられたので、お久しぶりですと挨拶、高名な先生方やテレビで見た人たちがいるのを二人で喜ぶ。

那覇

春雨蕭蕭立異郷

天昏南海尚蔵光

春雨《しゅんう》蕭蕭《しょうしょう》　異郷に立つ

天昏《てんくら》きも　南海なほ光を蔵《ぞう》す

茫茫不識険夷意　茫茫《ぼうぼう》として識《し》らず険夷《けんい》の意《い》　○険夷＝けわしいとたいらか
新調征衣多少涼　新調《しんちょう》の征衣《せいい》　多少の涼《りょう》

十一時四十分　那覇着　機内放送によると気温は十六度、小雨がちとのこと。季節はずれの沖縄旅行であるが、ボーイング７４７―４００は満席であった。旅行用に買ったシャツを濡らさぬように、赤の冬ジャンパーを着たままバスに乗車、自衛隊基地〈第一混成団〉に向かう。バスのガイドさんはごく若い女性、戦争のこと、しかも隠された真実は、なんて真剣に考えたことのない普通の幸せなコなんだろうな、と思う。基地で藤岡信勝先生がバスに加わる。前日まで沖縄で講演をされていたそうだ。左翼全盛の島で、思いがけず大勢の人が聞きに来てくれたそうで、そのことを嬉しそうに私たちみんなに向って話す。ひとりでも多くの人に聞いてもらえればと言われ、同感。

基地内にある沖縄戦の資料館に入る。当時の戦闘経過を立体模型で音入り、照明入りで説明してくれる（四十分間）。事前に資料を見ておおよその事実は知っていたが、地名と場所が初めて一致して、戦闘概況を理解することができた。暗室の中、スポットライトで表わされるＢ２９の影が、爆音とともに沖縄本島に上がってくると、そのまがまがしさに恐怖と、ここで死ぬんだという諦めの気持ちが起こる。

この模型は隊員の手作りだということだが、なかなか立派なものだと思う。自衛隊関係者以外の人たちもここを利用できるということ。ガイドさんも遅れて見に来てくれた。

十五時、那覇泊港《とまり》で「クイーンざまみ」に乗船、出港。

デッキにいると井上さんが、「今から（船が）外洋に出るよ」と言う。そのとたん上下の波、よろよろとふらつきながら大波を楽しむ。強い風に煽られながら、右手に小島を発見。標高がほとんどなく、嵐が来れば波が全島を洗いそうだ。ここが基地で説明をうけた、米軍が本島攻撃のため最初に砲台を設置した神山島《かみやまじま》であろうか。ここから本島の町がいくつも見える。米軍はこの町あの町と思いのまま砲弾を撃ち込んだのだ。

島を過ぎた頃、皆本義博元中尉（渡嘉敷の挺進隊の元中隊長）が僧侶が持つ鉢を手にしてデッキに上がって来られた。船のスピーカーが「海ゆかば」を流す。数人で斉唱をし、洋上慰霊祭をおこなった。

（注）この旅行後半、皆本氏から、この慰霊は沖縄本島に向かって行方不明になった船舶団団長大町大佐を慰霊するものだと聞かされた。大町大佐の配下に本島三戦隊、座間味《ざまみ》、阿嘉《あか》、渡嘉敷《とかしき》に各一戦隊の全マルレ戦隊があった。なお、渡嘉敷のマルレ（特攻船艇）は出撃直前大町大佐の命令で中止、自沈させられ、さらに大町本人が米国で生存していたという情報もあり、平成二十七年現在では大町大佐が米国スパイであったといわれている。

#

慶良間《けらま》諸島は那覇から約四十キロ、二十あまりの島があるという。小さな島をいくつも過ぎて、そのひとつ阿嘉《あか》島についた。港越しに大きなコンクリート製の橋が見え、もう一つの島に架かっている。ツアーのひとり、寺尾さんが傍にいた土地の中学生にたずねて、ここがまだ座間味ではないことがわかる、ゲルマという島だそうだ。「クイーンざまみ」の着いた可動式の桟橋には大勢の島の人々が出迎えていて、スポーツ大会に出場する同級生の応援に小学生たちが横断幕を掲げていた。笑顔いっぱいで賑やかだ。

小さな島が寄り集まっているだけで、強風と波がウソのように穏やかになる。白い浜の小島には丈の低い草が生えていて、あずま屋が建つ。多くの島（岩？）は人の住まない島のようだ。どんな魚がいるのだろう、水は深く、濃い藍色をしている。出港して二十分ほど行くと、もうひとまわり大きな島、座間味に着いた。子供たちが釣りをしていて鮮やかな熱帯魚が釣り糸のまわりに集まっている。ここの桟橋でもスポーツ大会の応援をする子供たちと母親たちが見送りに集まっていた。初めて来た離島は静かでやさしかった。

その時にひと騒動があった。ホテルに着いてから食堂に集合し、井上、藤岡両氏から、その顛末《てんまつ》を聞いた。

受紙弾

座間味島繋船辰
忽値青蠅讒謗文
我頼清流彼頼衆
悪能四海怕風聞

紙弾を受く

座間味島《ざまみじま》　船を繋《つな》ぐ辰《とき》
忽《たちま》ち値《あ》ふ青蠅讒謗《せいようざんぼう》の文
我は清流を頼み彼《か》は衆《しゅう》を頼む
悪《いずく》んぞ能《よ》く四海《しかい》　風聞《ふうぶん》を怕《おそ》れんや

●井上和彦キャスターの話

沖縄タイムスの記者が我々の写真を撮っているので、「許可を取って撮影するべきだろう」と抗議しました。するとその記者は、「住民を撮影しているんだ」という。「嘘を言うな」とバトルになっているうちにこちらが「十一万人なんて嘘を言うな」と言うと、沖縄タイムスの記者は、「二万人なんて行って数えたのか」と言う。「じゃあおまえは十一万人数えたのか」と突っ込む。(これは歴史の教科書に、『集団自決は軍の命令によって行われた』と書けという県民集会の参加者の数のこと。自民党国会議員山崎拓《やまさきたく》の意向で集会が企画され、この時の参加人数が十一万人だったことを根拠に、これは大変なことだとして、渡海《とかい》文部科学大臣(山崎派)の指示により教科書検定がくつがえされることになった事件。狭い公園に十一万人がいること自体不可能との声があがり、すぐ熊本大学の学生たちが、全景写真からひとりづつ人数を数え、また同様の手法で東京の警備会社が数えたところ、集会参加者数は二万人弱であったことがわかっている。典型的な捏造報道の一つである)「軍命令があったなんて今でも思ってるのか」と井上キャスターが言うと、(記者)「あったんだ」と言う。(井上)「だれが言ってるんだ」と聞くと(記者)「村人が言ってるんだ!」と、そして、「無かったってみんな言ってるじゃないか!」と井上。(記者)「みんなってだれだ!」と。そんなこんなで言い合いになっているうちにタイムス記者自身が撮影されていることに気づき、井上キャスターが放送に使うと言ったところ、記者は「チャンネル桜だろう!」この状況を、井上キャスターが身振り手振りで再現。記者は撮影するなとも言わず、「船に乗るから、行かなければならないから」「逃げるわけじゃないけど」などと言いつつ退場、井上も「ほんとは逃がしたくないけど」と言葉を浴びせながらテレビ的に収録完了。そんなわけでこの場面をチャンネル桜で放送するかもしれないとのこと。

井上キャスターによれば、「（記者は）一緒の船で来て、大きなバッグで泊まる仕度《したく》で来てるのに、またすぐ帰るなんてどういうやつなんだ」と。

●藤岡信勝先生の話

昨日の講演会には多数の報道陣が詰めかけて立ち見で取材に来てくれていました。私が琉球新報の方は取材がしっかりできている、と褒めたので、翌日の琉球新報の隅に講演の内容を記事にしてくれました。沖縄タイムスの方は「鉄の暴風」はでたらめだから、（出版元のタイムスは）絶版にすべきだと（私が）言った為、記事に取り上げられませんでした。

私たちが船を下りた時に島民ふたりから抗議文を渡されましたが、これは琉球タイムスが事前に島民に依頼して書かせたもので、それを渡しているところを写真に撮るように演出を図ったものです。

島民ふたりのうち、ひとりは宮里芳和さんで『梅澤裕絶対許しません』と題した数枚の文章、もう一人は『座間味村住民　中村毅　記』と書いた一枚の紙。座間味村史からいろいろ抜き出しした文章が羅列してあって、最後にこう書いてあります。

『本日の琉球新報の記事で藤岡信勝会長の言葉〝沖縄で住民を集団自決に追い込んだのは米軍の攻撃だ、と主張した〟があったが他に責任を転換（ママ）する稚拙でおぞましい考えであり、常識をもちあわせているのかも疑われる言葉である。座間味村民は、あなたがたを歓迎しません!!』

これに対してすぐに三井田《みいだ》さん（同じツアーの新潟柏崎市議）が役場に電話して、役場の職員さんがすぐ来てくれたそうです。・・・以上が藤岡先生の話

#

もらった抗議文を見せてもらうと中村毅氏の方は、『集団自決の意味を歪曲するあなた方に、抗議します』とあった。そして「座間味村史」の一部をばらばらに貼り付けただけの文章であった。また先祖代々座間味村に住んでいる者が、わざわざ『座間味村住民〇〇』と書くだろうか。戦争当時の座間味の生の情報を挙げるでもなく、かえって住民を装う、本土から来た人間ではないだろうか。

宮里芳和氏の方の文章は長文で意味が取りにくかったが、よく読むと集団自決に軍命があったかどうかというよりも、集団自決を命令したとされる梅澤氏に対して抗議する内容であった。

藤岡先生の話の後、沖縄在住の奥《おく》氏が次の二点を補足してくれた。

① この抗議文を手渡した宮里芳和さんは、二年前、チャンネル桜のテレビカメラの前で軍命令がなかったと証言していること。

② 彼（宮里芳和さん）は、さっきの沖縄タイムスに対しては軍の命令で自決があったと言っているけれど、向かいの居酒屋を経営しているので、一緒に酒を飲みながら話せば、今度は「軍命令はなかった」と言ってくれるんじゃないですか、とのこと。

同室の寺尾さんと、夕食後はこの居酒屋に行ってみようということになった。これこそこの旅行で待ち望

んでいたことだ。

夜宴

誠意相通何以難
慰霊彰義寸心丹
闘論更盡十杯酒
並得好顔愉色闌

誠意あい通ず　何をもって難《かた》し
霊を慰め義を彰《あきら》かに　寸心《すんしん》丹《あか》し
論を闘わせ更《さら》に尽くす十杯の酒
好顔《こうがん》を並べ得て　愉色《ゆしょく》　闌《たけなわ》なり

居酒屋に入るとカウンターには地元の若者が二人飲んでいた。座ろうとすると奥の座敷からこっちだよと呼ばれる。ツアーの何人かがすでに席に着いていた。十二畳ほどの座敷にはたくさんの賞状が飾られ、ご主人（宮里氏）が島の名士であることがわかる。多くの役職を兼ね、琉球新報の通信員でもあるらしい。床の間には三線《さんしん》が置いてある。

こちらは総勢十八人にもなったが、宮里氏は一時間を過ぎても現れない。近所に飲みに行っているのを、店の人が探してくれているということで、私たちは飲みながら待っていた。これだけ大挙して、腕まくりをするように待ち構えているところに来るには、きっと勇気のいることだろう。

宮里芳和氏は一時間半ほどして現れた。沖縄県人らしい風貌で黒く日に焼けた、普通の人であった。最初に自分の経歴と生活、居酒屋の店名の由来を語った。そして本題の集団自決の軍命令があったか、なかったかに入った。

軍命令があったか、なかったか、これがこの数か月大問題になった発端《ほったん》であった。日本軍が戦争の遂行のため沖縄の住民を自らの盾とし、死に追いやったのだという主張の最初で最大の根拠が「鉄の暴風」に書かれた軍命による集団自決であったのだが、それが遺族住民への金銭による援助の理由付けのためになされた、まったくの嘘であることが最近次々に明らかになって、教科書の「軍の命令で多くの人々が自決を強制されました」という従来の文言《もんごん》が、文部科学省の教科書検定で訂正されたのだ。

教科書検定撤回を求める、沖縄の県民集会が大きく報道された後、かえって雑誌やネット上に『軍命はなかった』という証言や証拠が出てくるようになったため、マスコミはいつもの如く、『軍命令があったかなかったか』は大した問題ではないと修正をはじめている。

しかし、軍の命令がなかったとなれば、沖縄の平和教育の原点である、「鉄の暴風」が全くの捏造であり、それを引き写し孫引きした全ての教科書、町村・県の史料、小説、戦記、公営施設の展示物はよりどころを失うわけである。

しかし、居酒屋の主人、宮里氏の話は、梅澤裕戦隊長の話から始まった。梅澤隊長は戦後、普通の社会人として静かな生活を送るはずであったが、日教組の平和教育とそれを是とするマスコミ、大江健三郎や岩波の出版物によって、集団自決を命令した極悪人として指弾されることになってしまった。職場を逐《お》われ、家族からも非難の目を向けられることになってしまったのだ。それで梅澤氏は宮村幸延氏に「集団自決は梅澤部隊長の命令ではなく助役宮里盛秀の命令であった」という証言を署名入りで書いてもらったのである。

この宮村幸延氏が居酒屋の主人宮里氏の伯父にあたるのである。

（注）座間味では自決用の武器を貰うため、助役である宮里盛秀、収入役、校長、役場吏員、女子青年団長が梅澤隊長に頼みに行ったところ断られてしまう。しかしその帰途、助役の指示で村民が集団自決をしてしまう。集団自決は軍の命令ではなく助役の宮里盛秀氏の示唆《しさ》に拠《よ》ったものだったのだ。厚生省との折衝を担当した、宮村幸延氏（宮里盛秀氏の弟）はこの事実を知りながら厚生省に軍命で集団自決に至ったのだと虚偽の申請をしていた。（集団自決の関係者の多くが改名している。宮村幸延氏の元の苗字は宮里である）

宮里氏は、「梅澤氏が（自分を悪魔だと疑うようになってしまった）家族に見せるためだからと言って宮村幸延氏に証言を書かせたのに、その証言が神戸新聞に載り、沖縄、座間味の村長のところまでひろまってしまった」ことを抗議しているのであった。ツアー参加者の一人が「神戸新聞に載ってしまったことは成り行きでやむをえないんじゃないかな」と話をついで、さらに飲んで和やかになった何人かが、あれこれ穏やかに話をした。ひとりが、「新聞には梅澤氏が酒を飲ませて、宮村幸延氏を酔っ払わせて証言を書かせたと書いてあるけれど、それは事実じゃあないでしょう」と言うと、宮里氏もその通りだと、あっさり認めた。この証言を書いたために宮里氏の伯父である宮村幸延氏は、村長たちから激しい叱責を受けることとなってしまったのだ。それで、「証言は大量の酒を飲まされてぐでんぐでんに酔らわされて書かされた」と主張せざるを得なかったのだと言う。

私も、ここに集まった人たちも、沖縄では寡占《かせん》マスコミ二社（琉球新報・沖縄タイムス）と対決することの不可を十分認識していた。宮里氏に対する同情があった。

ひとりが宮里氏に「これが証言の本物のコピーですよね」と言って梅澤隊長が書いた証言の下書きと宮村幸延氏が書いた清書とを見せた。

●下書き　梅澤氏が書いたもの（行書で書いてある　自署の裕の字がくずしてある為読みとりにくい）

昭和二十年三月二十六日よりの集団自決は梅沢部隊長の命令ではなく助役宮村盛秀の命令であった。之は遺族救X済の補償申請の為止むを得ず役場当局がとった手段です。右　証　言します
昭和六十二年三月二十八日　元座間味役場
事務局長
宮村幸延
梅沢裕殿

●清書　宮村氏が書いたもの（きちんとした楷書で書いてあり自署の後に宮村の印が押してある　梅沢裕の裕字は宮村氏が読めなかったせいか、しめす扁に大ムと書いてある）

証言　　座間味村遺族会長　宮村幸延
昭和二十年三月二六日の集団自決は梅澤部隊長の命令ではなく当時兵事主任兼村役場助役の宮里盛秀が遺族補償のためやむえ得えず隊長命として申請した、ためのものであります
右当時援護係　宮村幸延印
梅沢　裕　殿
昭和六二年三月二八日

軍命令を主張する人達のブログには、「筆跡を見れば酔わされて書いたことは明らかだ」などと書いてあるが、まったくきちんとした筆跡であった。また梅澤氏が「宮村盛秀」と書いたものを「宮里盛秀」と正しい苗字に書き直してもいる。

雰囲気が良くなってきたので宮里氏も一杯だけグラスに焼酎を注ぎ、話しを始めた。いろいろ調査に出かけ、いろいろな話も集めているとのこと。「軍命があったと言う人もいるし、なかったと言う人もいます、私はけっしてあったともなかったとも言いません」ということだった。

最後は和気あいあいと飲んで勘定になった、随分たくさん飲んだが一人たった千円であった。安い！　離島料金か、それとも飲まない人もいたのか、一行のうち何人かは、宮里氏と握手をしていった。収穫の大きさに比して良心的な料金に、みんなは満足して笑顔で帰っていった。

翌日の沖縄タイムスには

藤岡氏の訪問に座間味村民抗議

・・・抗議した宮里芳和さんは「私は二十年以上、体験者から聞き取り調査をしたが、「集団自決」に軍命、強制があったことは間違いない事実だ」と話した。

みんな、ひっくり返ってしまった。

座間味島

朝一番はホテルで用意したマイクロバス二台で〈慶良間《けらま》海洋文化館〉に向かった。ツアーの一人が偶々《たまたま》発見した博物館らしい。

ここを作った館長は皆本閣下（自衛隊で陸将補つまり少将にまで進級したため、井上キャスターはそう呼んでいたので私もここではそう記《しる》すことにする）の部隊と同じようにモーターボートによる特攻の隊員であったとのこと。内地で訓練中に終戦になって、この自決のあった部落に帰って来たのだそうだ。館内にはサンゴの置物や民俗資料のほかに、米軍の戦闘写真、戦時中の新聞、砲弾、引き揚げられた魚雷、それに見ものの陸軍特攻艇〈マルレ〉、海軍特攻艇〈震洋〉のレプリカがあった。どちらも生還を期しえぬ特攻モーターボートだ。皆本閣下がその〈マルレ〉の前に立ち当時の状況、作戦を説明し、チャンネル桜の収録も行われた。戦後皆本閣下が米国に行き沖縄戦当時の米軍艦長に聞いたところ、特攻艇による攻撃で沈むまでにいったのは駆逐艦の二隻だけであったが、いつ攻撃されるかわからないため、航空機の特攻よりも精神に支障をきたす者は多かったそうだ。

博物館の宮里清五郎《きよごろう》館長の話では日本軍と地元民は非常に上手くいっていたそうだ。衛生兵でこの島に来ていた人は、死んだら慶良間に骨を撒《ま》いてほしいと言っていたという。こういう話を是非大勢の人に知ってもらいたい。軍人と民間人の信頼の絆《きずな》は私たちには当然の話であっても、日本の軍隊はひどかったとさんざん教育を受けてきた若い人たちには驚くべき話であろう。「自決命令があったかなかったか、近所のだれにきいても隊長からの命令はなかったと言いますよ」と清五郎館長は断言していた。また「集団自決にあったのは攻撃を受けた部落だけで、他の部落では、もうなんにもなかったんですよ」と無念そうに言っていたのが印象的であった。我々から「たくさんの人が死んで、復員して家族が死んでしまっている人と生き残った人と、うまく一緒に生活できたんですか」という質問も出たが、「当時はみんなそうだったんだから。仕方がないんだから今のようにあれこれ言う人はいませんでしたよ」という返事であった。

館長の話は続いた。沖縄県民は総スパイだと言われたとか、日本軍に住民が壕から追い出されたという話もしていた。また、自決という悲劇があったのはアメリカに対する恐怖と皇民化教育が徹底されていたからだと言う。まじめで一生懸命な人という印象であった。最後に館長は「（仲間で）集めた話をまとめてね、（本が）出るんですよ。いろいろ調べてね。もうこれだけやったんだから、すべてよくなりますよ、早く暗い話をやめにしてね。これからは観光です。観光客が来てもらえる島にしなくちゃ」と島のアピールしていた。

＃

次に軍によって住民たちが集合させられたといわれる神社に向かった。集められた時には、住民の多くは体を洗い、正装に着替え集まったということだから、自決を考えてのことだったのだろうと思う。ところがツアーの案内役が言うには、ここでは自決は行われてはいないそうだ。いったん神社に集められた人々はその後バラバラになり、それぞれ別々に帰って自決したらしい。そういえば、先ほどの宮里館長の周りの家では多数の人が亡くなっている中、館長さんの家族だけは生き延びている。米兵に、あっちに行けと両手に持った銃で裏山に追い立てられて助かったそうだ。神社境内に忠魂碑がありその銘を見る。陸軍大将　井上幾太郎の揮毫。また「海ゆかば」の歌詞が書かれている。

次にバスで自決現場に向かう。現場は村を少し外れたところで、最近ダムが作られたらしく、新しい道路と水路がきれいに整備され、「躑躅《つつじ》の塔」と刻まれた自然石が立つ。石裏に学校壕跡、自決三月二十六日として三名の名前が彫られている。学校が建てられそうな場所はすでになく、当時とは地形がまったく変わっていることがわかる。

次にまた集落に戻り、別の山道をバスで登る。山道脇に「五十九名集団自決の碑」が建つ。道路工事で崖の間際に移設されたようで、狭い場所に元気のよい数人だけが登った。表面に「村長野村正次郎、助役宮里盛秀、収入役宮平正次郎以下五十九名集団自決の地」と書いてあるとのこと。この自決の実際の場所は、アスファルトの下になったのか石碑の向こうの藪の中なのか、もう知る由もない。五十九名もの人間が入られる壕とはどういうものかと思うが、全員が亡くなったと横の看板に説明が書かれているので、もう状況を教えてくれる人はいないのだろう。また、座間味で自決された人の数は百七十二名ということになってはいるが、それは補償を平等に受けられるよう善意で、戦中だけでなく、戦後数年間に亡くなった人たちも自決として合算しているとの説明があった。

（注）旅行当時、この話は言ってくれるな、とのことであったが、已に年月を経ているので、ここに録す。

戦後、日本人が無謀な戦争を始めたとばかり教育された人々には、国を挙げて戦わなければ自分達の生命も財産も自由も守れないということに想いが至らないのであろう。独立国ならば、襲ってくる敵に対しては国民は一丸となって戦うことが当たり前なのだ。それは皇民化教育となんの関係もない。戦時だけでなく、今の日本では暴漢に襲われそうになった時でさえ闘えば傷害罪になる危険がある。愛国心とか、国を守ることを悪だと聞かされ続けた我々は、暴漢にも立ち向かえなくなってしまった。

強制されなければ自決など起こるはずがないと主張する者も多いが、アメリカ軍占領下の日本で多くの人々が、知られていないだけで乱暴され殺されているのだ。グアムでもサイパンでもフィリピンでもアメリカ人による日本人、現地人の殺害は極めて残酷なものだった。チベットやウイグルでは今も凄惨な暴力に曝されているのだ。

世界中どこでも、その国民は外国の侵略に対し軍民ともに戦ったのだ。ベトナムでは、村を焼かれ、枯葉剤を蒔かれながらも最後には住民の意志がアメリカ軍に勝利した。ソビエト軍を追い払ったのもアフガニスタンの村人なのだ。ベトナム人もアフガンゲリラも皇民化教育となんの関係があるだろう。アフガンに侵入したソビエトの重武装ヘリと出くわした時、どうしたら生き残れるか。ライフルで撃っても当たらない。駆けだして岩陰に隠れてもひとりずつ射殺されてしまう。銃を投げ捨てて手を上げてもだ。結局アフガンの住人がとった解決策は、みな一塊《ひとかたま》りになってライフルをならべ撃ち続けることだった。誰かが死に、自分が死んでも残った誰かがこの制圧兵器を撃ち落とすのだ。なにも日本人だけが無謀に戦い玉砕をしたわけではない。アメリカでは軍人でない者たちが自由と独立のために戦って死んだ歴史を誇りにしているし、イスラエルでも圧倒的なローマ軍と立ち向かい、九百六十人が自決したマサダを国民精神の拠り所、聖地として保存しているのである。

#

「きのうの宮里さんも大変ですよね、あっちからもこっちからも、ああだ、こうだ言われて。島の人たちもホントだったら、みんな見事な最期でしたねって一緒に泣いてくれる人があってもいい筈なのに」バスに戻って寺尾さんにそう声をかけた。

自決の碑から更に道路を上《のぼ》ると広い駐車スペースに着いた。眺望が利き海が見渡せる。雨模様であったが、傘をさすほどでもなく、そのままでバスを降りた。

明るい場所で、息抜きに海を見に寄ったのだと思っていたら、みんなどんどん歩いて行く。芝の上に、白い柱が立っている。白鯱隊《びゃっこたい》玉砕之地だった。

白鯱隊玉砕之地
看此殉忠不用吟
山蔵壮烈雨煙深
老農説事熱聲湿
林隙唯聞刈草音

此の　忠に殉《じゅん》ずるを看《み》て吟《ぎん》を用ゐず　　○忠＝まごころ
山は壮烈《そうれつ》を蔵《ぞう》して雨煙《うえん》深し
老農《ろうのう》　事《こと》を説《と》いて熱声《ねっせい》湿《しっ》す
林隙《りんげき》　唯《ただ》聞く　草を刈《か》る音

柱から下り坂の道が始まっている。ハイキングのように皆パラパラと進んでいく。下草が刈られ敷き詰められていて快適だ。また上りとなり、しばらく急坂を上がって行く。林のなかに青い帽子をかぶった農家風の人が立っていた。

　この人が宮平秀幸さんで、たまたまこの奥にある、米軍と刺し違えて死んだ田村中尉の墓の草刈りに来ていたのだった。ここで梅澤第一戦隊の第一中隊、第二中隊の人たちが第三中隊の到着と戦隊長の指示を待たず、二十年三月二十六日島民自決の晩、米軍に突撃して全滅したのだそうだ。急遽、宮平さんを囲んでチャンネル桜の収録を開始する。

宮平氏は当時満《まん》十五歳で本部の伝令をしていた。座間味島には当初千人の兵隊がいたが、やがて本島に移動となり、（百二十人弱の）梅澤部隊が残されたということ。十九年十月には沖縄で空襲があったため、僻地にまで物資が来ないので、二十六日に戦闘配置に就いた時には、一般の兵隊にはライフルの弾が十五個づつ、手榴弾は一個づつしかなかった。

井上キャスターが「住民の方と日本軍の兵隊さんとの間は良かった、と聞いているんですが」と尋ねると、「そりゃあもう最高ですよ」と大きな声。「お年寄りが大きな荷物をしょって山を歩いていると、兵隊さんが同僚に銃をあずけて担いであげたり、住民のところに民宿して一緒に生活をしているんですから」とのこと。

（井上）「日本軍が鬼のようだったなんて言う人がいますが」という質問には「とんでもない」と大きな声で手を振って「人がなんと言おうと」と突然自決の話になった。

「二十五日の晩、梅澤戦隊長が対応されたのですが、村長、助役、収入役、学校の校長たちが本部の壕まで来られて、『明日はいよいよ上陸ですから、鬼畜米英に殺されるから、どうせなら日本軍の手によって殺される方がいい、もうみんな集まっているんです。お願いします』と来てんですよ」「（隊長は）『戦う武器弾薬もないのに、あんたがた自決させる物はありません』って。部隊長が軍刀持って、出された命令が、『おれの命令がきこえないのか！住民を自決させるために来たわけじゃない！』って」

出演者でない人までが思わず声を出してしまう、「そばにおられたんですか」「もう隊長から二メートル離れたそばにいましたから」「村長助役収入役、学校の校長四名おられるんですが、（隊長は）敬語はつかわない、お願いに来ても、『自決させるか！　畏《おそ》れ多くも天皇陛下の赤子《せきし》である、そんな命令は絶対に出せない』『全部解散させろ』と」

話が飛ぶのと、言葉が聞き取りにくいのとで、文字に起こしにくいが、本当のことを聞いてもらいたい、という熱意が伝わってくる。宮平少年もこの自決前夜に、ここに生きていた一人なのだから。

村長たちはしぶしぶ帰って行ったのだが宮平少年は助役さんに訊いている「うちの家族も来てますか」助役「集まってるよ、八十人ぐらい自決するといって」そして宮平少年はあの神社忠霊塔のところに家族に会いに行き、夜の十一時ごろ村長の解散命令を聞いている。また家族と歩いていると、男が通りかかり「なぜ死なない、この側溝にならべ、日本刀で首を切ってやる」と言う。最初は死にたがっていた祖父が「ここで死んでは息子が兵隊から帰って来ても骨を見つけてもらえないから、死ぬ時は自分の壕で死ぬ」と断ったのだそうだ。

雨の中、長い話を聞いて腹が減ってきた、ずっと聞こえていた草刈り機のエンジン音も昼休みになったせいか、ぱったり止《や》んでいた。ひとまずホテルの食堂に戻ることになった。

＃

食事を済ませて、ロビーで島のパンフレットを見る。パンフレットによるとクジラウォッチングがここの目玉らしい。いまは観光シーズンとも思えないが、我々ツアー以外にも、何人かの家族づれを見かけた。

皆、いま初めて聞いたたくさんの話について思い思いに語りあっている。少しまた自決に至った人たちのことを考えてみた。

宮平さんの話から、神社に集まったのは軍の命令ではなかったことがはっきりした。またたくさんの人に自決の意思があったことがわかった。神社に集まってきた人たちは自決を前提に集まって来たのだし、宮平さんの家族も、村長の解散命令後も自決の場所を探したのだそうだ。宮平さんが二十五日夕方、自宅（燃えてなくなってはいたが）にも戻った時、同級生のなおしくんが自分の家族は自決するつもりだと言ったのを聞いている。けれどもまた、実際に自決したのは、学校壕の三人と村長たち五十九名の二か所だけだった、宮平さんの家族も、殺してやると言った男も（彼は何人か手にかけていたのだろうけれど）結局自決しなかったのだ。もしもなにかのタイミングがずれていたらあるいは自決は起こらずに済んだかもしれない。

自決にいたった背景には、また国民国家の意識があったのだと思う。明治維新によって四民平等となった。だれもが国家の興隆を担い、殖産、興業、国防を担う、勇気を持ち、誠実正義をつくす。なんといっても花は桜木、人は武士だ。維新当初こそ、戊辰戦争、西南戦争に現れた暴行略奪、竹橋事件と呼ばれる近衛兵の身勝手な不祥事があったけれども、明治天皇以下、国家の指導者の薫陶があって、国民皆兵の後は日本軍の綱紀粛正は諸外国の称賛を得るようになっていった。

損得を度外視した生活はどれほど好ましく、簡潔な生活だろう。公の為に奉仕することがそれほど唾棄すべきことであろうか。死もまた、それほど憎むべきことであろうか、誰にも訪れるものなのに。死を受けいれるということについては、多くの武士のエピソードがあるけれども、たとえば大阪城落城が迫ると、武将木村重成は食事を減らした。膳を運ぶ妻が、お体が悪いのですかと尋ねる。重成は「いくさで首をはねられた時、食事がでたら見苦しいので控えている」と答えた。それを聞き、十八歳の妻は寝室に入り、先に自害した。重成も一日、静かに小鼓を打って過ごし、衣服、兜に香を焚きしめてから討ち死にをした。武士道はなにも日本だけのものではない。滅亡寸前の百済では、将軍の階伯の出陣に先立って、妻と子は敵の辱めを受けるのを厭《いと》い、階伯の剣前にすすんで潔く死んでいる。古代ローマでも切腹の習慣があったという。

それでも公共のため或いは国のために、自分を犠牲にするのは良くないという人がいる。崇高な行為というものを認めない人たちを私はさびしい人生を生きていると思う。いまこうして幸福に暮らす私たちの為に、過去死地に赴いて戦い抜いた日本軍人を、どうして嘘をついてまで貶《おとし》めるのだろう。沖縄では今盛んに「軍人がいたところでしか集団自決が起こっていない」と言っている。けれども私が小学生の頃は同じ人々が満州の集団自決を指して「軍人が逃げ出したので集団自決が起こったのだ」と宣伝していたのだ。

（注）　平成二十七年現在、宮平秀幸氏が伝令であったとの証言は、秀幸氏の年齢から偽証であることが分かっている。「「強欲チャンプル」沖縄の真実」（大高未貴著）

渡　嘉　敷

一時間の食事ののち、船で渡嘉敷に向かう。思いがけない宮平氏の登場で、チャンネル桜のスタッフ、聞き取り調査の主だった人たちは宮平氏からもっと詳しく当時の状況を聞くため座間味に残ることになった。

幸い渡嘉敷に渡る船は貸し切りのクルーザーなので、一陣、二陣と分かれて渡嘉敷に向かうことができたのだ。

ホテルの玄関を出る時、ちょうど宮平氏が入ってきた。はじめて自分の話を真面目に聞いてくれる人たちに会えたせいなのか、すごくうれしそうに立っていた。なんども琉球タイムス、沖縄日報に電話をかけて、話を聞きに来てくれと言ったのに誰も聞いてくれなかったそうだ。私たち一行の中にも、名刺を渡し挨拶する人がいて、私も両手で握手をした。

十三時四十分　座間味港を出港する。船内で皆本閣下に写真を見せてもらう。平成二年、第三戦隊戦友会が渡嘉敷村に招かれた時の歓迎会の写真だ。村長の歓迎の式辞、地元の人たちの芸能、酒を飲んでご婦人がたと談笑している写真、戦争当時の駐留日本軍と島民の深く強い紐帯《ちゅうたい》がしのばれる。皆本閣下の大事な宝物だ。

渡嘉敷は座間味のすぐ東にある南北に長い（約九キロメートル）島で北部に渡嘉敷、中部に渡嘉志久《とかしく》、南部に阿波連《あはれん》の三つの集落がある人口七百人ほどの島だ。ちなみに座間味島の人口は六百四十六人、阿嘉《あか》島三百十一人、慶留間《げるま》島七十五人である。（平成十九年十二月時点）

三十分で渡嘉敷島阿波連港に到着。この海域の透明度は四十メートルにもなるとのこと。風は相変わらず強いが雨は止みがちとなった。

ホテルに荷物を置き、皆本閣下が少尉として特攻を準備して、八月の二十四日まで持久した島をバスで巡る。戦闘当事者から当時の状況を聞き、それを膨らませてたくさんの詩を作るつもりでいたが、すでに島には二車線の立派なアスファルト道路ができていて、当時の全島山火事を起こし、艦砲射撃、ミサイル攻撃でできた無数の穴から穴を歩いて行った当時の様子など、偲《しの》ぶ術《すべ》はなかった。「目前を米軍が上陸した」と、閣下は眼下に広がる渡嘉志久ビーチを指さすが、その美しい景色と、戦闘状況の生々しい話しには落差がありすぎて、わずか四行の詩句に写しとっても、そらぞらしい嘘にしかなりそうもなかった。

渡嘉志久のホテルで知念さんが登場、赤松隊長の副官だった方で本島から来られたとのこと。この人はたしか曽野綾子の「「集団自決」の真実」に出てくる人だ。

◎「集団自決」の真実　52ページ「鉄の暴風」の引用

・・・恩納河原の谷川の水は、ために血にそまっていた。（中略）この恨みの地、恩納河原を、今でも島の人たちは玉砕場と称している。・・・二十七日地下壕内において将校　会議を開いたが、そのとき赤松大佐は『・・・まず非戦闘員をいさぎよく自決させ、われわれ軍人は島に残った凡ゆる食糧を確保して、持久態勢をととのえ、上陸軍と一戦交えねばならぬ。事態はこの島に住むすべての人間の死を要求している』ということを主張した。これを聞いた副官の知念少尉（沖縄出身）は悲憤のあまり、慟哭し、軍籍にある身を痛嘆した。

◎「集団自決」の真実　18ページ「沖縄問題二十年」岩波新書の引用

赤松大尉は、将校会議で『持久戦は必至である。・・・まず非戦闘員をいさぎよく自決させ、われわれ軍人は島に残ったあらゆる食糧を確保して、持久体制をととのえ、上陸軍と一戦交えねばならぬ。事態はこの島に住むすべての人間に死を要求している』ことを主張したという。

◎「集団自決」の真実　132ページ

昭和四十六年七月十一日、那覇で知念元少尉に会った時、私（注　曽野綾子のこと）が最初に尋ねたのはこのことであった。

「地下壕はございましたか？」

私は質問した。

「ないですよ、ありません」

知念氏はきっぱりと否定した。

「この本の中に出て来るような将校会議というのはありませんか」

「いやあ、ぜんぜんしていません・・・」知念氏は少なくとも昭和四十五年までには沖縄関係者から一切のインタービューを受けたことがないという・・・

知念少尉が、赤松大佐の非人間性を証言したただ一人の人物であるにもかかわらず、実際には誰にも取材を申し込まれていない、誰にもそんな証言をしていないことがわかったのだ。ここは曽野綾子「「集団自決」の真実」のひとつのクライマックスだ。

また集団自決生き残りの金城武徳さんもホテルで合流する。チャンネル桜で自決の軍命はなかったと証言し、皆に衝撃を与えた人物だ。また沖縄県民集会の騒ぎの時、自決現場に沖縄県議会の人たちを案内し、大きな手振りで当時の様子を一生懸命説明していた人だ。この金城さんにむかって「黙ってなさい、私の方が自決についてては造詣《ぞうけい》があるんだ」と怒鳴りつけた県議がいたのには驚いた。ニュースに出た県会議員の人たちは、証言は聞きましたよ、というポーズを見せるために写っているだけなのだ。人間の尊厳にかかわる、また我々の精神の基盤にかかわるかもしれない問題なのに。

渡嘉敷の部落と港を過ぎ、白玉《しろたま》之塔に着く。ここで皆本閣下の説明を聞く。ここには戦争で亡くなった島の住民、本土の将兵、軍人軍属、防衛隊の霊が祀られているのだそうだ。塔の真下、コンクリートの下にその遺骨が納められているということで、ここに来た女学生などが、そのコンクリートに乗ってしまって、「踏んじゃった」と言って大泣きになったことがあったという。赤松隊長も死んだらここに分骨してほしいと言っていたのだそうだ。塔の真下に花崗岩を切って作った四角の箱が置いてある。金城さんの言葉によると、これは島を離れた方が亡くなって、その遺言で白玉之塔に納骨しようとしたところ、たたきのコンクリートに穴があけられないのでとりあえずここに置かれているのだそうだ。

皆本閣下が檀家総代ということで皆本家の浄土真宗のお経を読み、我々もお念仏を唱える。塔に靖国神社から持参したお神酒をそそぎ、全員で海ゆかばを斉唱した。

皆本閣下はいつも自分のことを「皆本は・・・」と自称する。謙虚で、さすが戦場を踏み、また少将にまでなられた方だと感心する。軍人はみなそういう言い方をするのかもしれないが。閣下の目には涙があった。

誰かが〝白玉〟の言葉の由来を聞く。公募で選ばれた名称で、無垢《むく》の赤ん坊のような、という意味でつけたのだそうだ。
夕方、阿波連海岸のホテルに帰った。

客中有感　　客中《かくちゅう》　感あり

軽舟快速雪濤堆　　軽舟快速　雪濤《せっとう》　堆《うずたか》し　　○雪濤＝白い波

踏破巉巌煙霧開　　巉巌《ざんがん》を踏破《とうは》して煙霧《えんむ》開く　　○巉巌＝険しい岩山

燈下四人言及義　　燈下《とうか》四人　言《げん》　義《ぎ》に及ぶ

春宵海角氣佳哉　　春宵海角《しゅんしょうかいかく》　気《き》　佳《か》なるかな　　○海角＝海のはて

海を渡り、深い山の中を歩いて、ついに初めての証言を得られた、その春の夜、南の果ての渡嘉敷島の一室で、当時の人々の気持ちや、今の島の人の気持ち、沖縄の問題について、腹を割って話し合った。普段は誤解や曲解を恐れて言いにくいことも、お互いに深く考えていることであったから、初対面でも心ゆくまで話し合うことができた。楽しい夕べであった。
けれど楽しいと飲みに出てしまうのが私の癖だ。阿波連に飲み屋が三軒あるのだったら全部に行ったことになる。どの店にも我がツアーの誰かが客となっていて、声をかけ、楽しく過ごした。最後の店でも大勢が集結して歌いあった。悲惨な負け戦を聞いて、かえって歌うべきは軍歌であった。流行《はやり》の歌を歌う気にはとてもなれなかった。「よく知ってるね、そんな歌を」と言われて得意であった。

阿波連

夜闌鯨飲盡歡娯
朝雨水村寂不渝
唯有濤聲別愁裏
白沙海畔洗珊瑚

夜闌《やらん》鯨飲《げいいん》して　歓娯《かんご》を尽《つ》くす
朝雨《ちょうう》水村《すいそん》　寂《せき》として渝《かわ》らず
唯《ただ》有り濤声《とうせい》　別愁《べっしゅう》の裏《うち》
白沙《はくさ》の海畔《かいはん》　珊瑚《さんご》を洗ふ

○夜闌＝真夜中

せっかく遥かな南の島に来たのだからと、海岸後背の樹林を歩いてみる。ハブがいないか心配であったが、那覇では見かけた「ハブに注意」の看板がないので大丈夫か。

しばらく行くと大型の水泳施設がある。素晴らしい海岸がすぐ目の前にあるのにと、もったいなく思う。先に進むと大きな岩があった。岩の右には階段が伸びており、左は大きな穴、穴の向こうにホテルにつづく浜辺があった。

浜辺には大きなサンゴの枝が落ちている。海岸の白い砂は珊瑚のかけらであった。岩のような奇妙なサンゴのかたまりや、朱を点けた綺麗な貝、その中でたったひとつ珍しく完全な形をたもった宝貝を見つけて拾った。けれど綺麗と思って持ち帰っても、家に帰るといつも色褪せてしまうことを思い出した。手を払って食堂にむかう。

朝食時、今日の日程を聞く。昨日、藤岡先生がツアー参加者のために、資料をコピーして配ってくれると言う話だったのが、ここではコピートナーが貴重だということで、船が那覇に着いてから、コピーして渡してくれるという話になった。

また昨夜歓を尽くして話をした北村先生が、(関西弁が楽しい、人当たりのいい先生であった)「昨夜、同室の寺田さんが、昭和三十二年頃にも集団自決の話を聞きにここに来られた話をされたのですが、すごい話なので、どうか皆さんも聞いてください」と発言した。この話は私が飲みに出た後の話だと、隣から寺尾さんが教えてくれた。

●寺田氏の話

まだ内地から自由に行き来できない五十年ほど前、務めていたテレビ局の取材ということでパスポートをとり本当に集団自決があったのかどうか確かめたくて、取材にきました。

渡嘉敷まで来てボートで釣りをしていた時に、何気なくボートの青年に「集団自決というのは本当にあったのか」と尋ねると、青年は帽子を取って「僕もそうなんです」と頭のうしろの大きな傷を見せてくれました。そのうち魚がたくさん釣れ始めてそれきりになってしまいましたが。当時は日本軍が悪いとか、恨むとかいう話は全然聞きませんでした。集団自決について昔と今と捉え方が全然変わってしまったのはどういうことでしょうか。そのあと沖縄本島に戻りまして沖縄の学生を集めて、これから沖縄はどうしたらよいか討論をさせましたが、日本に復帰する、というのが三分の一、アメリカの一部、ハワイ・グアムのようにしてもらうというのが三分の一、中国（中華民国）に帰属する、が三分の一でした。そのとき僕は、『さあどうだ、琉球として独立するのは』というとみんなどうしたわけか、うつむいて何も言いませんでしたね。

五十年前に来たのが懐かしくて、青春を思い出しに参加して来ましたが、もう私がなにかするということはないので、皆さんが（集団自決の問題を）やってください。

#

寺田さんとは以前にも、浅田ツアーで愛知県に行った時も一緒になったことがある。その時の解説者の一人であった。

再びバスで渡嘉志久に向かう。海辺のホテルの山側に広場があり、その奥に特攻艇秘匿壕があった。岩をくりぬいた深さ十三メートル程の横穴である。当時この島に百隻の特攻艇が配置され、この壕にも三隻格納されていたということである。ここで知念元少尉と皆本元中隊長の説明を聞く。当時もちろん削岩機もなく、この岩山を掘削するのにどれほど苦労をしたことだろう。島の住民たちも炊き出しなどをして精一杯手伝ったのだという。

船を海に下ろすには（泛水《はんすい》と呼ぶ）ここからレールに乗せて海まで押していくのだそうだ。けれども特攻作戦の成功がおぼつかない状況になり、本島からの命令で結局はすべて自沈しろということになった。ベニヤの底に穴をあけて沈めることになったのである。ただ皆本元中隊長は、惜しいと思い自らの判断で二隻だけを陸揚げしていた。たまたま視察に来ていた大町大佐、参謀の某少佐が本島に戻るということになり、搭乗して帰ったところベニヤ製の特攻艇は途中亀裂を生じ、少佐は島に泳ぎ着き、大佐は消息を絶ってしまったのだった。昨日那覇を出て献花したのはその慰霊であった。

渡嘉敷の部落を過ぎ、白玉之塔を過ぎ、国立青年の家に着く。大きな施設だ。島で最も高いと思われる場所で、もともとはアメリカ軍のミサイル基地があったという。すぐに金城さんの軽トラックが追いかけてきた。高台から少し降りると、長いコンクリートの壁がある。その外側にはハブがいるということだ。やっぱりハブがいるのだと妙に納得し、扉を開けて荒れた路を入って行く。そこが集団自決跡地であった。

思い思いに石碑の前に頭を下げ、手を合わせる。金城武徳さんが、説明をする。すでに涙で目をしばたたかせている。

「三月二十三日から空襲が始まって二十六日まで空襲ですね。村の人たちは、空襲を避けるために、勝手のいいところに。長期戦に備えて、小屋を建てて、長期戦に備えているんですよ。二十六日に村はみんな集まった時はどしゃ降りの雨でした。午前中はこっちとあっちと二つの谷間にわかれて避難しとったんですが、夕方三時から四時ごろあそこから迫撃砲が飛んできて、村の幹部が騒いでしまって。みんなここに集まれと言って、村長さんは、敵がそこまで来たんだと思ったんでしょう、村長が万歳三唱して、手榴弾をつつきあって死んでしまったんです」

「われわれはそこで死に切れないもんだから。手榴弾でも死ねない、迫撃砲も当たってくれない人たちは、部隊の方に行って、機関銃で殺してもらおうと移動して行ったんです。ここに残った人たちが残酷な死に方をしてるんですよ。（防衛隊の一人、上等兵の人が引率して軍のところに）行ったら却っておこられて。『軍人がいくさをするんであって住民は生きられるだけ生きるんだ』（隊長が自決命令を出してないことは）渡嘉敷島民だれでもわかることです。鬼畜米英という教育しか受けてないんでそういう早まったことをしてしまったんです。（声がつまり涙）」

「僕は数え年十五でしたが、僕よりひとつ下のが、『僕はうしろから女の人を支《ささ》える役だったよ』と言ってました。別の兄弟二人が女の人たちを（ごぼう剣で）刺していって、（支える役としてこの兄弟に）使われてたんです」

「三百十五名の人が亡くなって、三十三回忌が終わってから、来る人はもういません。こちらに来るのは僕ひとりです。仕事上説明しなくちゃいけないもんですから。じつは来たくないんですが。同級生もたくさん死んでいるし。そしていちいばん、こころに残っているのは、こちらから部隊に行ってさわいだもんだから。大勢で行ったから迫撃砲も連れて行ってしまって。こちらに打ち込んでいた迫撃砲が方向をかえて部隊の方に打ち込んだんですよ、若い兵隊が迫撃砲に当たって死んだんです。軍人は弾に当たったら天皇陛下万歳と言うことになっているんですが、そんなことは一言も言いません、大の字になって倒れているんですが、おかあさあああん、おかあさあああん、と最期まで言っていました」金城さんは傘を下ろして鞄から陣中日誌をとり出そうとする。皆本閣下は涙を流しながら自分の傘をさしかける。「その日亡くなったのは二人だけなのでここの（指をさす）若いアベモリオさんだと思うんですが、この人だけ住所が書いてないんです。この人のことをお母さんに伝えてあげたいんですが、住所がないから、しかたがありません。これは僕の胸から外れることはありません」

そのあと金城さんは、頭から体まで包帯を巻かれ米兵に抱《かか》えられている少女の写真を見せながら、この少女とその家族の話をする。また自分の父親は南方の戦地にいたため無事に帰ることができたこと。そして思いきるように「じつは・・、これ僕の家内なんです」と教えてくれた。

皆本閣下が金城さんに、ほら、赤松隊の歌を歌ってくれと言うと、金城さんはひとりで何番も有る、「〜〜、あ〜かま〜つ隊」という歌を聴かせてくれた。

「阿波連の人たちは、金城重明（が）、人を殺してキリスト教になってると言ってるんですよ。（彼が殺さなければ）○○ちゃんも無疵《むきず》で生きていたはずなのにって、終戦直後泣く人もいましたよ。かれらは兄弟ふたりで、さっきのに（うしろから女の人をささえたと言った少年）手伝わせてやっているんですから。僕らは部隊に殺してもらおうと行って、助かったんですが、阿波連のひとたちはここの土地を知らないもんだからここに残っとって」

（注）金城重明は米軍情報部に勤務、沖縄キリスト教短期大学を設立、のち名誉教授。本人は両親家族のみを殺したといっているが、「生きてるものはいないか」と言いながら多数を殺害。その後赤松隊長に治療を受けた身ながら、米国を一貫して擁護、日本軍は沖縄を捨てた、と宣伝を続けている。

「村長が天皇陛下万歳って。それを目の前で腰かけていた＊＊が（巡査が、と金城さんは言ったと記憶するが失念）聞いて、村長は気が狂ったって言ったんですよ」

ほかにも世間で一般に知られていることで、また鉄の暴風が記述していること、曽野綾子が前提の事実としていた事で、全くの謬《あやま》りもわかった。集団自決が行われた場所はそもそも恩納河原ではないこと。第二玉砕場などはなかったということだ。

長い間、渡嘉敷の人たちは部隊のそばに伏せていたが、ここは危ないということで、下の谷間（現在の野球場のところ）に行けば安全ではないかと言われて移ることになる。隊長に生きろと言われて、今度はどうしても生きなければと思ったと言う。何日間かの間その谷間にしがみついていたが、何度も爆弾が落ち、ここでも二十六人が死んだという。ここを第二玉砕場と呼んでいるのではないかということだった。すでに造成されてしまってその場所はわからないそうだ。

「「集団自決」の真実」の中で曽野綾子は、当時の古波蔵《こはぐら》村長に話を聞いている。しかしこの村長こそ「さわいでしまって」自決の合図をした張本人なのだ。曽野は訊《たず》ねる「（手榴弾を）配られても、まだ（自決の）きっかけがないでしょう」

「その後に敵が上がって来たわけです。迫撃砲がばんばん来る。逃げ場がないです・・・これだけははっきり言えますが、安里（巡査）さんは赤松さんに報告する任務を負わされているから、といって十五メートルほど離れて谷底に隠れていましたよ。君も一緒にこっちへ来いと言ったら、そこへは行かない。見届けますと言って隠れていました」

巧妙に（今の時点で文章を読むと）話をはぐらかせているが、さらに曽野はまた同じことを聞く。けれども決して古波蔵氏は、誰が最初に合図の口火を切ったかは言わない。聞かれもしないのに、安里さんがと言いつのる。そして曽野に「あの人は口を閉ざして何もいわないですね」と言う。この元村長の底は割れているのだと思って読み返すと次から次に謎が解けていく。おのれの引き起こした悲劇をすべて安里巡査、赤松隊長に擦り付けていたのだ。そして赤松隊長を「破廉恥」「正常な神経がない」「住民の食糧を徴発した」などと書き、また別の手記には「戦争が済み、住民を飢餓より救うため投降した者も斬殺の対象にしようとたくらむ赤松の異常心理には・・・」などとも書いている。

その後、曽野は元村長の希望に従わず、安里元巡査の話を聞きに行く。そして安里巡査に取材を申し込んだのも週刊朝日の昭和四十五年がようやく最初であったことも明らかになって行く。ここでも曽野は自決に至る状況を聞く。

「きっかりと万歳を三唱なさったという説もありますが」

「とにかく、一旦《いったん》は万歳と言ったわけです」

「それは誰かが万歳を主唱したという訳ではないんですね。なんとなく・・・」

「ええ、なんとなくやったわけじゃないですかねえ」

この時、曽野がもし「誰が万歳三唱したんですか」と聞けば、あるいは村長ですと答えたかもしれない、とくに村長が安里氏の口を塞《ふさ》ぎ、隠れて見ていたなどと誹謗しているのを知ったなら。

座間味の宮平秀幸さんは、学校壕で二人の女性を死なせてしまった人のことは絶対言えませんと言っていた。首を切ってやると言った人の名前も言えませんと言っていた。渡嘉敷でも、今までは万歳三唱して自決の口火を切った人の名前を、だれも言わなかった。もし、岩波や大江健三郎などが、全国の人々に向けて梅澤隊長が自決を命令したのだとか、赤松隊長が鬼のような悪の巨塊だなどと喧伝《けんでん》しなければ、古波蔵元村長の嘘も、金城重明の殺人も島の内だけで誰も知らないままで済んでいたことだろう。金城重明などは、自分の家族を殺しただけならまだしも、すでに何人かの撲殺が明るみに出ており、ここではまた、ごぼう剣で幾人もの女性を殺害したことが明らかにされてしまった。金城重明は日曜朝のテレビ〈報道2001〉にまで出て、島民と軍人の崇高な心を貶《おとし》めて、集団自決が軍の命令だなどと主張した。天に唾《つば》した者はその報いをうける。古波蔵氏は匿名で鉄の暴風に関《かか》わっていたことが明らかになってきている。その人物が琉球定期船協会理事という地位を得、金城重明が日本軍の悪を言い立てて大学の教授に納《おさ》まっている。沖縄中の要職に座っている人間のうち、いったいどれほどが戦後、日本を貶めることで出世していった人間なのだろう、沖縄では真実を言うのは難しい。新聞社も政界も学校もトップに立っている者達が、裏切り者なのだから。

国立青年の家の敷地に戻り、バスで見晴らしのいい場所に移る。周囲にあるハブ除けの白い塀は万里の頂上のように続いている。その外に小高い草むらがあり、そこが日本軍の部隊が居たところだ。

強い風のなか、何もない海が見える。塀の中は芝の広がる小さな平和な世界だ。

十一時　渡嘉敷港を過ぎ、阿波連への道すがら戦跡碑に立ち寄る。景勝の地。藤岡先生が代表して曽野綾子撰文の碑を朗読。全員で集合写真を撮影。

十二時　阿波連のホテルで昼食。空いた時間に作詩。

巡戦跡

虜営顧恤意秖疎　　虜営《りょえい》　顧恤《こじゅつ》の意　秖《まさ》に疎《そ》なり　　○虜営＝敵の軍営　○顧恤＝憐れみをかける

砲弾鏖糟恰若鋤　　砲弾鏖糟《おうそう》して恰《あたか》も鋤《たがや》すが若《ごと》し　　○鏖糟＝皆殺しにすること

民草堆屍水何處　　民草《みんそう》堆屍《たいし》の水　何《いず》れの処《ところ》ぞ　　○民草＝たみくさ、民

小流爆砕變丘墟　　小流《しょうりゅう》爆砕《ばくさい》して丘墟《きゅうきょ》と変ず　　○小流＝ここでは小川のこと

〈意訳〉無差別の米軍の砲撃は、全島をあたかも耕すように続いた。住民はそこかしこで倒れ、生き残った者は自決した。やって来た米兵は供養するでもなく、山をダイナマイトで爆破して死体と何人かの半死半生の者を川の中に埋めていった。「「集団自決」の真実」の記述164ページによる。

巡戦跡　其二

爆烟弾雨事掻爬　　爆烟《ばくえん》　弾雨《だんう》　掻爬《そうは》を事《こと》とす

無食無兵豈歎嗟　食無く兵無きも豈《あ》に歎嗟《たんさ》せんや　○歎嗟＝なげく
完節懸軍愛人篤　完節《かんせつ》の懸軍《けんぐん》　人を愛すこと篤《あつ》し　○懸軍＝遠く遠征している軍隊
神州早晩也生華　神州早晩　也《ま》た華《はな》を生ぜん　○神州＝日本のこと　○早晩＝いつのときか

〈意訳〉敵の爆弾が炸裂する中、身を隠す場所も無く、銃剣で少しでも身を低くさせようと穴を掘っていた。食料はなく、兵器もなかったが、士気の衰えることはなかった。遠く内地より来たった我が軍は、飢餓に苦しみながらも住民を守り、戦う必要がなくなっても、上官の命令を受け取るまでは整然と職務を全《まっと》うした。このような人が、謂《いわ》れのない非難を六十年浴びてきてしまった。けれどもようやく枯樹が華を生ずるように、真実が明らかにされ、正義が日本に取り戻されようとしている。

阿波連

上塔小邑奇可探　塔に上りて小邑《しょうゆう》　奇《き》　探《さぐ》るべし　○小邑＝小さな村
下望蕃樹緑毿毿　下に蕃樹《ばんじゅ》を望めば緑《みどり》　毿毿《さんさん》たり　○蕃樹＝茂ったマングローブ　○毿毿＝木の枝が垂れさがる様
雨中三百六十度　雨《う》中《ちゅう》三百六十度

南海水澄猶蔚藍

南海　水澄み　猶《な》ほ蔚藍《うつらん》

○蔚藍＝ふかい青

ビーチ北の端に見える展望台に登ろうと、寺尾さんに誘われる。朝通った樹林をまたふたりで歩いてみた。水泳施設まで来て立派なトイレに入ってみる。隣にはダイビングの練習に使うのだろう、円形のガラスの嵌め込まれた深いプールがあった。ここにもやはり沖縄振興のために巨額の資金が投じられていたのだ。それはいい。沖縄は日本防衛の最前線でもあり、大田実中将の「沖縄県民斯《か》ク戦ヘリ。後世特別ノ御高配ヲ賜ハランコトヲ」という遺言もある。けれども資金を投じるだけでよかったのか。もっと教育に、精神文化のために援助をしなければならなかったのではなかったか。こづかいをふんだんに与えられて、立派な大人になるのは難しい、かえって酷いハンディキャップを負わせられたようなものだ。県民の給与所得は四十七都道府県中、最下位であるといわれるが、実際には援助や基地からの補償、地代を計算した県民所得はいきなり二十七位に跳ね上がるという。湯水のように補助金が使われ、橋や道路や建物ができても、それが自慢になるだろうか。より良い生活を築くには高邁な精神と誇りが必要なのだ。

朝来た道から右の階段を登ってみる。岩のような小山を登り、さらにコンクリート製の展望台に上る。うしろは深いジャングル。泊まったホテルが一つ聳えて見える。前面は透き通るような海、空、島。遊覧船が猛スピードで横切って行く。

十四時三十分　渡嘉敷島資料館を見学。また金城さんがあらわれる。いつもの帽子にいつもの黒縁めがね、いつもの長靴。すっかり人柄に魅せられてしまっていた。金城さんも私たち一行にすっかり気を許しているのだと思う。質問に対して、『そんなこと自分で考えてみなさいよ』と言ったりする。座間味の宮平さんも、渡嘉敷の金城さんも、そっくり同じことを言う、「兵隊さんも住民も一心だった」「ほかの島では知りませんが、この島では日本軍はすばらしかった」「（隊長が自決命令など出さないことは）島民だれもが知っていることです」

金城さんは天井から吊り下げられたクジラを自慢げに説明してくれた。渡嘉敷の湾に迷い込んで死んでしまったのを、きれいに解体して東京に送った。きちんと標本にするのに一千万円かかったのだそうだ。それから赤松隊長の遺品がガラスケースの中に飾られていた。白玉之塔に葬られたいという隊長の遺志は、コンクリートのために果たされなかったが、遺品がこの博物館があるかぎり、島民の心の中に赤松隊長の記憶は残るわけだ。

十五時三十分　渡嘉敷港出港　クジラを探すも発見できず。曇っていると出てこないらしい。

十六時四十分　那覇・泊港着　藤岡先生が一生懸命、三十人分、計二百十枚のコピーをしてくれる。感謝！

二十二時三十五分　羽田着　感激の旅を終える。

あとがき

座間味の慶良間海洋文化館入口のカウンターに、「鉄の暴風」の初版本が置いてあった。一行の何人かはこの名高き、二版以降では削除されたという〈まえがき〉の写真を撮っていた。私も並んでこの貴重なページを写真に撮った。

この動乱を通じ、われわれ沖縄人として、おそらく、終生忘れることができないことは、米軍の高いヒューマニズムであった。国境と民族を超えた彼らの人類愛によって、生き残りの沖縄人は、生命を保護され、あらゆる支援を与えられて、更生第一歩を踏みだすことができたことを、特筆しておきたい。

一九五〇年七月一日　沖縄タイムス社しるす

沖縄戦時、日本軍が沖縄住民に暴虐を働いたという最初の資料が、この「鉄の暴風」であった。曽野綾子が熱心な取材を行い知り得たことは、この本が僅か三ヶ月の取材をもとに書かれ、二人の証言（うち一人は沖縄テレビ社長という要職を得た人、もう一人は取材をうけた記憶はないと言う）で出来ているということであった。

そして現在に至るまで、多くの「日本軍暴虐説」の出版物、戦記、教育資料はこの「鉄の暴風」を下敷きにしている。

きのうテレビに出ていた藤原信勝先生の話では、渡嘉敷の古波蔵村長がこの出版に匿名で関与したことが明らかになっているそうである。また「鉄の暴風」には梅澤少佐が慰安婦と情死したという決定的な事実誤認が含まれているが、このこともアメリカ軍がこの出版の張本人であることを証拠だてているということである。渡嘉敷では療養中の少尉と、看護の教育を受けた元慰安婦が心中を遂《と》げたという事実があり、当時の日本人なら見誤るはずのない、少佐の階級章と少尉の階級章をアメリカ軍が見誤ったのだろうという。

漢詩集

自　序

漢詩は古語で綴る古典詩である為「送りがな」を「正かな遣い」で施しました。
但し、「読みがな」は読み易くする為につけたものなので、「新かな遣い」としました。
音読できる方は「読みがな」を無いものとしてお読みください。

逐語訳を試みて、却って詩意に遠ざかる事を感じました。そこで解りにくい句のみ訳解することにしました。訓読についても読む方が自由に工夫して口誦していただければ幸いです。

巻末には、故事一覧をつけました。詩中に出た順番に書き出し、出典を付しました。

【己巳《きし》平成元年】

草原

蚤歳単身渡緑蘋
東風吹耳草原新
光陰忽過曽遊地
空谷蕭蕭還一人

○蚤歳＝若い時　○緑蘋＝水中或いは水際の草
○吹耳＝与謝野晶子の短歌による
○光陰＝時の流れ

草原《そうげん》
蚤歳単身《そうさいたんしん》　緑蘋《りょくひん》を渡る
東風《とうふう》　耳《みみ》を吹いて草原《そうげん》新たなり
光陰《こういん》忽《たちま》ち過ぐ曽遊《そうゆう》の地
空谷《くうこく》蕭《しょう》　蕭《しょう》還《ま》た一人《いちにん》

詩意　ずっと若いころ、山を越えて川を渡りこの草原に来たことがある。春風が耳を吹いて若草の緑が目にも鮮やかであった。与謝野晶子の歌「夏の風　山より来たり三百の　牧の若馬　耳吹かれけり」とともに今もよく覚えている。年月は忽ち過ぎ去ってしまったが草原をめぐる谷は昔同様、人気もなく淋しくて、佇《たたず》む私もまた同様の一人旅だ。

贈人　其一

華街繁麗足辺愁
処処嬌声少好逑
酔歴酒楼迷旧市
紅燈銀海一赬舟

○足＝多いこと　○辺愁＝僻遠の土地に来た為に起こる愁い
○好逑＝好い女性、伴侶
○旧市＝歴史のあるまち、金沢
○赬顔《あかいかお》の自分を舟に譬《たと》えた

人に贈る　其の一
華街繁麗《かがいはんれい》　辺愁《へんしゅう》足《た》る
処処嬌声《しょしょきょうせい》　好逑《こうきゅう》少《まれ》なり
酔うて酒楼《しゅろう》を歴《へ》　旧市《きゅうし》に迷ふ

紅燈《こうとう》銀海《ぎんかい》一赬舟《いちていしゅう》

平成元年秋、転勤のため、石川県金沢市に移った。東京新宿の友人に贈った詩。金沢は北陸一の飲食街であり、またクラブ、スナックなどの料金も安く毎晩何軒も飲み歩くことができた。結句の紅燈は古くからの詩語で歓楽街をさす。銀海はネオンの海を云う新しく作った語。舟の語はふらふら梯子する自分を譬えたのである。

其二

雷鳴驚睡方知雪

万口街頭簌簌閑　○万口＝万を数える人口　○簌簌＝擬音の語、はらはらと落ちる様

想見東京寒気至　○想見＝想像する

漠雲冪裏有連山　○漠漠＝一面平らで遥かな様　○冪＝（雲等が）覆う

其の二

雷鳴《らいめい》　睡《ねむ》りを驚《おどろ》かし方《まさ》に雪を知る

万口《ばんこう》の街頭《がいとう》　簌簌《そくそく》として閑《しず》かなり
想見《そうけん》す　東京に寒気《かんき》至らん
漠雲冪裏《ばくうんべきり》　連山あり

北陸ではかならず「雪起こし」と呼ばれる雷鳴とともに初雪が降る。毎年この雪起こしを聞いて、これからいよいよ冬に入るぞと気分を新たにするのである。北陸の冬は南国の人たちが思うほど暗く厳しいものでもない。「雪起こし」も別名「鰤《ぶり》起こし」といって美味しい鰤が来る季節だ。金沢で食べる鰤大根は街の定食屋で食べられるが毎日食べても飽きない美味だ。

簌簌の語は平野紫陽「病中雑吟」より採った。「薬鐺薫枕漏声微。簌簌奇寒徹病衣。梅蕾未開鶯未囀。撲窓片片雪花飛。」（薬鐺《やくとう》、枕に薫《くん》じて漏声《ろうせい》微《かすか》に。簌簌《そくそく》たる奇寒《きかん》、病衣に徹す。梅蕾《ばいらい》、未だ開かず、鶯、未だ囀《さえず》らず。窓を撲ちて片片、雪花飛ぶ）

詩意　雷が鳴り、初雪が降り始めた。四十数万の都会の喧騒も雪に消されて静かになった。千山を隔てた東京もきっと寒くなって来ただろう。重い雪雲が南の山を暗く覆っているから。

【庚午《こうご》平成二年】

眼下眺称名瀧
隔窓猛暑不侵肌
眼下高原白一垂
太古瀑音聴得否
海風百里積雲披

○称名の滝は富山県立山町にある滝

○百里＝ここでは古代（秦漢）の一里＝四百メートルを採った。

眼下《がんか》に称名《しょうみょう》の滝を眺《なが》む
窓《まど》を隔《へだ》てて猛暑《もうしょ》　肌《はだ》を侵《おか》さず
眼下の高原　白一垂《はくいっすい》
太古《たいこ》の瀑音《ばくおん》　聴《き》き得《え》たるや否《いな》や
海風百里《かいふうひゃくり》　積雲披《せきうんひら》く

七月、長野県側から立山に上り、日本海側、富山県に出る。十分に冷房の効いた観光バスの窓から、足元に深い原生林と、その森を浸蝕して煙をあげる大きな滝が見えた。原生林の標高は千六百メートル、滝の落差は三百五十メートルもあるという。落差では日本一の滝だそうだ。

【辛未《しんび》平成三年】

再訪能州

松下群生海石榴
深紅花瓣鑠幽憂
樹林蔽日濤声遠
草徑絶踪嚶囀柔
土俗淳良可癒痾
風光佳好豈拘愁
石磯危岸育詩藻
半歳栖遅奇絶遊

○能州＝能登

○海石榴＝つばき（石榴はザクロ）

○深紅＝「しんく」と読まず、漢詩なので「しんこう」と読む

○濤声＝なみおと

○絶踪＝人の足跡のないこと　○嚶囀＝鶯のさえずり

○土俗＝土地の風俗、人情　○痾＝やまい

○栖遅＝しずかに暮らすこと

再び能州《のうしゅう》を訪《と》ふ
松下群生《しょうかぐんせい》す海石榴《かいせきりゅう》
深紅《しんこう》の花弁《かべん》　幽憂《ゆうゆう》を鏁《とざ》す
樹林《じゅりん》 日《ひ》を蔽《おお》ひて濤声《とうせい》遠く
草径《そうけい》　踪《あと》を絶《た》ち　鶯囀《おうてん》　柔《やわらか》なり
土俗《どぞく》は淳良《じゅんりょう》にして痾《あ》を癒《いや》すべく
風光《ふうこう》は佳好《かこう》にして豈《あ》に愁《うれ》ひに拘《こう》ぜられんや
石磯《せきき》危岸《きがん》　詩藻《しそう》を育《はぐく》む
半歳《はんさい》の栖遅《せいち》　奇絶《きぜつ》の遊《ゆう》

このころ、毎年初夏から日本海が荒れてくる秋までの間、能登半島の原発建設工事に従事していた。担当は沖合四百メートル先の防波堤工事である。仲間たちと飲みに出るにもタクシーで一時間かかる場所であったが、土地の人たちは優しく親切であった。「能登は優し、土までも」という言葉があるが、この時もまさしくその言葉通りだった。大変な辺鄙な土地でありながら、男性は船員として若年《じゃくねん》で海外に出ていた人も多く、見識も豊富であった。

海の幸も豊富で何故か毎朝サザエが岸壁の上に来て歩いている。工事関係者は魚介を獲ることを禁止されていたが、一度だけ巨大な水ダコが潜水士を襲うと危険だと云う事で調理して食べたことがある。非常に美味であった。水ダコは静岡では見かけない食材であるがそれ以来、品書きに見つけるたび注文するようになった。

奇絶遊の語は、蘇東坡の詩に出る。蘇東坡が何度もの僻遠への左遷の後《のち》の最晩年、海南島から本土に戻る船上での作詩「六月二十日夜渡海」の「南荒《なんこう》に九死すとも吾は恨みず、この遊《ゆう》の奇絶なること平生《へいぜい》に冠《かん》たり」に拠《よ》る。

過壇之浦

馬関風色古今同
○馬関＝山口県下関　○古今同＝今も昔も変わらない

舟艇為丸破浪通

橋上人車都末裔
○橋上＝関門橋

海中深処弔竜宮
○竜宮＝安徳天皇の故事

壇ノ浦《だんのうら》を過ぐ
馬関《ばかん》の風色《ふうしょく》　古今《ここん》同じ
舟艇《しゅうてい》　丸《たま》と為《な》り浪《なみ》を破って通《つう》ず

橋上《きょうじょう》の人車《じんしゃ》　都《すべ》て末裔《まつえい》
海中深《ふか》き処《ところ》　竜宮を弔《とむら》ふ

夏が終わり日本海が時化《しけ》る時期になった為、長い休暇を取り中国地方を徒歩で旅行した。岡山県高梁の財政家で漢詩人でもある山田方谷、広島県神辺の詩人として盛名を馳せた菅茶山の遺跡、萩の町を見て下関までたどり着いた。大きな漢和辞典三冊をリュックに詰めて多くの詩を作ったが、推敲の結果今ではほとんど擦り切れるようになくなってしまった。

初めてみる関門海峡では、海がまるで川の急流のようでとても驚いた。

源平の合戦は我々の先祖の殆どがどちらかに組するような天下を二分する戦いであった。また「平家物語」のいくつものエピソードは日本人の記憶にしっかりと刻まれている。そのために転句に末裔の語を用いた。結句の竜宮は、平家物語による。壇ノ浦の戦いも終盤、二位の尼は六歳になる安徳天皇をお抱き申し上げ、「波の下にも都のさぶらふぞ」とお慰めして千尋《ちひろ》の底に入り給うたことをいう。

【壬申《じんしん》平成四年】

新潟東港

全農岸壁歴青炮
小艇驚波拉蟹螯
積水深封魚介影
堆沙烟樹足風騒

○全農＝企業名　○歴青＝アスファルト
○蟹螯＝蟹の爪
○風騒＝詩情　○足＝多いこと

新潟東港《ひがしこう》
全農《ぜんのう》の岸壁《がんぺき》　歴青《れきせい》炮《や》かる
小艇　波を驚かし蟹螯《かいごう》拉《らっ》す
積水《せきすい》　深く封《ふう》ず魚介《ぎょかい》の影《かげ》
堆沙《たいさ》烟樹《えんじゅ》風騒《ふうそう》足《た》る

終日、新潟東港で仕事をしていた。東港は静かな工業港で、周辺は砂丘に囲まれ松林の深い場所であった。建物はあるのに喧噪からまったく無縁で、アスファルトが歪《ゆが》むほど暑い中で過ごす一日は幻のような不思議な体験だった。蟹は、漢詩の世界では無腸公子とも呼ばれる（抱朴子）。腹の中に一物《いちもつ》のない、悪意がない、というわけである。その蟹が小舟の航跡波にあおられ、岸壁から引き剥がされて冷たい海底に沈んでいったのも幻のような光景であった。

【癸酉《きゆう》平成五年】

自金崎宮望敦賀
春波海上百舟去
忽衍華街千点燈
白亜客船喧静劃
舳開取次夕暉凝

○衍＝あふれる
○劃＝区切り分かつ
○舳＝へさき、或いは、とも
○取次＝しばらく、かりそめに

金崎宮《かながさきぐう》より敦賀《つるが》を望む
春波《しゅんぱ》海上《かいじょう》百舟《ひゃくしゅう》去り
忽《たちま》ち衍《あふ》る華街《かがい》千点《せんてん》の燈《ともしび》
白亜《はくあ》の客船《きゃくせん》喧静《けんせい》を劃《かく》す
舳《へさき》開《ひら》いて取次《しゅじ》夕暉《せきき》凝《こ》る

敦賀港の埠頭建設に従事していた時の詩。

金崎宮は敦賀湾に突き出た小山にあり、南北朝時代の古戦場である。南朝の恒良親王、尊良親王を祀る。

金崎宮には数多くの漢詩が奉納されていて、有名人では籠手田安定滋賀県令の漢文、阪本釤之助福井県知事（高見順の父）の漢詩があった。また敦賀十勝という景勝地を詠じた詩と和歌の集もあった。また水戸の武田耕雲斎（天狗党）の遺跡があり博物館には耕雲斎の書も展示されていた。

半島に囲まれた敦賀湾は波も穏やかで釣り船が極めて多い。それも夕暮れとともに去り尽くし、海は全く静かになってしまう。それと同時に街に明かりが灯《とも》り車のラッシュが始まる。静寂の海から喧噪の市街にカーフェリーが入ってきたのを詠じたもの。

【乙亥《いつがい》平成七年】

一月十七日作

康都激震白塵侵
彼此呼名礫下尋
車満街衢何解進
急鐘不断夜沈沈

○彼此＝あちこちで
○急鐘＝救急車のサイレン

一月十七日の作

康都《こうと》　激しく震《ふる》へ白塵《はくじん》侵《おか》す
彼此《ひし》　名を呼び礫下《れきか》に尋《たず》ぬ
車は街衢《がいく》に満ち　何ぞ解《よ》く進まんや
急鐘《きゅうしょう》断《た》えず夜沈沈《よるちんちん》

六年十二月、神戸地下鉄工事のため転勤で、西宮北口の会社の寮に入った。翌月十七日早朝、阪神淡路大震災に遭遇、大きな地震なので勤め先のある神戸市内に向かうべきではないだろうと判断して、徒歩で町の様子を見に阪急の駅方面に向かった。途中の人家、特に木造の古い家は完全につぶれてしまっていて、その家の人だろうか、屋根瓦の上で呆然と立っていた。素手ではとても何かできる状況ではなかった。寮に戻り、同僚たちと屋根にブルーシートを掛けて雨に備え、近所の農家が井戸を貸してくれるというので皆でバケツを持って並んだ。

寮のすべての部屋で備え付けの箪笥が倒れていたが、私の部屋だけは転倒防止の措置をしてあったので無事であった。小学校時代から散々受けた防災教育の成果であった。（すぐ来ると言われた東海地震は未だ来ないが）

大通りでは真夜中まで大渋滞が続いていた。住宅街にある寮で寝ていると布団の中にまで何台もの動かぬ救急車のサイレンが聴こえていた。

聞少女之語而作

朝餐卓上酪酥辰

少女為言離五人

○酪酥＝牛乳

校下不知齔童数

○齔童＝七、八歳の子供、齔は乳歯が永久歯に変わることを云う

満都腸熱欲乖春

少女の語を聞きて作る

朝餐卓上酪酥《ちょうさんたくじょうらくそ》の辰《とき》
少女為《しょうじょため》に言ふ五人に離《わか》ると
校下《こうか》知らず齔童《しんどう》の数《すう》
満都《まんと》 腸《はらわた》は熱《ねっ》し春に乖《そむ》かんと欲《ほっ》す

震災の後、不眠不休で神戸長田《ながた》で復旧工事に従事、一日休暇を得て西宮の寮に戻り、避難して住んでいた小学生の女の子と朝食を一緒に採っていた。今日は震災で亡くなった生徒たちとのお別れ会だという。その学校に生徒は何人いるのだろう。神戸中ではいったい何人の子供達が亡くなったのであろうか。

【丁丑《ていちゅう》平成九年】

京都万華口号
祇園層閣世塵賒
携綺羅来遊彩霞
窈窕嬋娟芳美酒
更添頳面一珍花

○口号＝くちずさむ、即興の詩を云う
○層閣＝ビル、高い建物
○綺羅＝美人、原義は美しいうすぎぬ
○窈窕＝しとやかな美人　○嬋娟＝あでやかな美人

京都万華口号《きょうとまんかこうごう》
祇園《ぎおん》の層閣《そうかく》　世塵賒《せいじんはる》かに
綺羅《きら》を携へ来たって彩霞《さいか》に遊ぶ
窈窕嬋娟《ようちょうせんけん》　芳美《ほうび》の酒《さけ》
更《さら》に添《そ》ふ　頳面一珍《ていめんいっちん》の花《はな》

万華は京都にあったクラブの名前。震災復興工事では昼夜、働き通しだったので貯金も貯まり、西宮から京都の河原町や祇園に、週に一度か二度は飲みに行った。そこで酒焼け（赧面）した自分を自嘲して作った詩。

移居于加古川

西路茫茫似踏雲
年来漂物避塵雰
早晨偶会好爨婦
諸事寮規子細聞

○漂物＝漂流物、自称
○早晨＝早朝　○爨婦＝寮母、食事も作ってくれる
○子細＝事細かに

居《きょ》を加古川《かこがわ》に移す
西路《せいろ》茫茫《ぼうぼう》　雲《くも》を踏《ふ》むに似たり
年来の漂物《ひょうぶつ》　塵雰《じんぷん》を避く
早晨《そうしん》　偶《たま》ま会《かい》す好爨婦《こうさんぷ》
諸事《しょじ》　寮規《りょうき》　子細《しさい》に聞く

神戸の復興工事が一段落して加古川市に転勤になった。加古川市は兵庫県西部の市。古代より栄えた地域で古墳も多く、宝殿という駅近くには、六メートル四方もある巨岩が水面に浮かぶ不思議な「石乃宝殿」という遺跡があった。東京の近くにあったなら誰もが知る観光地になっていたであろう。また更に西に十五キロほど行けば姫路城がある。私の住んだ町には不思議な建物が立っていた。ぽつんと高い、緑に輝く銅で葺かれた建物だ。地元の人たちにとっては見慣れたものらしく、これほどのものにも特に感慨もなさそうであった。他にも町の至る所で巨大な石造物が点在し、それも支那趣味で漢詩漢文の気配がする。すべて日本で初めて肥料の製造を始めた多木久米次郎氏の手になるものらしい。肥料王と書かれた巨大な石碑もあった。久米次郎氏の漢学の影響や遺構を探して歩いたが、今に残るものは、遂に得ることはできなかった。

休日読書

雨過平明海畔村
僑居無物伴清魂
読書不必多多辦
篇絶一書窓下繙

○平明＝夜明けごろ
○僑居＝仮住まい
○辦＝力を尽くす、処理する　「多多益益辦ず」は韓信の故事
○篇絶＝葦編三絶　同じ本を熟読すること

休日読書《きゅうじつどくしょ》

雨は過ぐ　平明海畔《へいめいかいはん》の村《むら》
僑居《きょうきょ》　物の清魂《せいこん》に伴《ともな》ふなし
読書　必《ひっ》せず多多《たた》に弁ずるを
篇絶《へんぜつ》の一書《いっしょ》　窓下《そうか》に繙《ひもと》く

加古川では出勤前に読書をした。仮住まいということで書籍も多くは持たず、精読を自らに課した。休みには付近の丘陵を散策することにしていた。「多多益益弁ず」とは韓信が、漢の高祖、劉邦に「陛下は十万の兵に将たるに過ぎませんが、私は兵が多ければ多いほどよい」と言った言葉。

三宮駅頭逢美人

桜花華麗菊香濃
秋夜春宵熟迫胸
蕩子漂流過半歳
何期九陌與君逢

○九陌＝都城の大道　「長安城中八街九陌」三輔黄図の語、未見

三ノ宮駅頭　美人に逢ふ

桜花《おうか》は華麗《かれい》　菊香《きくこう》は濃《こま》やかなり
秋夜《しゅうや》春宵《しゅんしょう》　熟《いづれ》か胸《むね》に迫りし
蕩子《とうし》漂流《ひょうりゅう》して半歳《はんさい》を過ぐ
何《なん》ぞ期《き》せん九陌《きゅうはく》　君と逢《あ》はんとは

加古川の仕事が終わり神戸に戻る。三ノ宮の雑踏で偶々旧知に出会った。桜も菊もその華やかな思い出である。

【戊寅《ぼいん》平成十年】

看桜

邦国淳心説向誰
管弦和酒興無涯
紅燈淡照黄昏近
香雪飜風払面吹

○香雪＝さくらのはなふぶき

桜を看る

邦国《ほうくに》の淳心　誰に向かって説《と》かん
管弦　酒に和して興《きょう》涯《かぎ》りなし
紅燈《こうとう》淡く照らし黄昏《こうこん》近し
香雪《こうせつ》　風に飜《ひるがえ》り面《おもて》を払って吹く

苦熱

甑中客裡惜年華
拭汗遊来天一涯
煅尽水村三伏熱
不関年少駆軽車

○甑《こしき》＝食材を蒸す器具　甑中に坐す、とは暑湿に苦しむこと

○三伏＝七月中旬から八月初旬にかけての酷暑の時期を云う

○年少＝少年

熱に苦しむ

甑中客裡《そうちゅうかくり》　年華を惜しむ
汗《あせ》を拭《ぬぐ》ひ遊び来《きた》る天《てん》の一涯《いちがい》
水村《すいそん》を煅《や》き尽くす　三伏《さんぷく》の熱《ねつ》
関せず　年少《ねんしょう》　軽車《けいしゃ》を駆《か》る

詩意　耐えきれない暑さの中でも季節の素晴らしさを追い求め、汗を拭きながら遥か遠くまで遊びにやって来た。海辺の村では少年たちが、真夏の暑さにも負けずクルマを走らせて遊んでいる。裡は裏と同字。

登浜石岳而過武田氏烽火台

樹間隠見久能峰　○隠見＝見え隠れする

足下纔知旧塁蹤

烽火一衝乱雲底　○烽火＝のろし

連山振動起蛟龍

浜石岳《はまいしだけ》に登りて武田氏の烽火台《のろし》を過ぎる

樹間　隠見《いんけん》す久能峰《くのうほう》

足下《そっか》　纔《わずか》に知る旧塁《きゅうるい》の蹤《あと》

烽火《ほうか》一《ひと》たび乱雲《らんうん》の底《てい》を衝《つ》けば

連山振動《れんざんしんどう》して蛟龍《こうりゅう》起こる

浜石岳は静岡市由比にある眺望の良い、海沿いの山。由比駅からハイキングで二時間ほど、標高は七百七メートル。

久能峰は東照宮のある久能山のこと。今は徳川家康が葬られているが、戦国時代には武田方の久能城があった。蛟龍の語は、頼山陽の「不識庵（上杉謙信）機山（武田信玄）を撃つの図に題す」の詩句「流星光底長蛇を逸す」から武田信玄を指すのに用いた。

三保松原

東海春波碧落重
彩雲縹渺玉芙蓉
驚鴻一去白沙静
唯有千年常緑松

○碧落＝あおぞら
○玉芙蓉＝雪を被った富士山

三保《みほ》の松原《まつばら》
東海の春波《しゅんぱ》　碧落《へきらく》と重《かさ》なり
彩雲縹渺《さいうんひょうびょう》玉芙蓉《ぎょくふよう》
驚鴻《きょうこうひと》一たび去って白沙《はくさ》静かに
唯《た》だ有り千年常緑の松

驚鴻の語は天女の意に用いた。「洛神《らくしん》の賦」で、作者の曹植《そうしょく》が洛水で出会った美しい神女を形容した句に「其の形や、翩《へん》なること驚鴻の若《ごと》く、婉《えん》なること遊龍の若《ごと》し」とある。

秋郊

石瀬長林行不窮
絶無塵穢到心中
停笻一望秋如画
千澗煙嵐万樹楓

○石瀬＝石の多い川
○塵穢＝ここでは俗塵
○嵐＝山の気をいう　○楓＝かえで、或いは紅葉した樹木

秋郊
石瀬《せきらい》長林《ちょうりん》行けども窮《きわ》まらず
絶えて塵穢《じんあい》の心中に到るなし
笻《つえ》を停《とど》めて一望すれば秋は画《え》の如し
千澗《せんかん》の煙嵐《えんらん》　萬樹の楓《ふう》

楓（日本名かえで）の本来の意味は「フウ」という紅葉する樹木である。けれども読者は紅葉を想像して「かえで」と唱しても良いのではないだろうか。

寒夜

陌上只看寒月光
欲拘欲引野橋傍
半生寂寞無人解
暗樹凝雲満地霜

○陌＝あぜ道、或いは道路

寒夜《かんや》

陌上《はくじょう》ただ看る寒月の光
拘《こう》ぜんと欲し引《いん》せんと欲す野橋の傍《かたわら》
半生《はんせい》の寂寞《せきばく》　人の解するなく
暗樹《あんじゅ》凝雲《ぎょううん》満地《まんち》の霜《しも》

詩意　夜道で月の光が明るい。その光を浴びていると、この橋の向こうの異界へと拘引されていきそうな気がする。四十年間の独歩の人生を思いながら遠くの林、動かぬ雲、霜を敷くが如き道を見る。

寒夜読書

爐辺閑看百家書
謝絶風濤與世疎
尚友興新眠不得
青燈一穂守蓬廬

○百家＝百家争鳴の語から色々な思想、分野を云う
○風濤＝世間の風評、波風《なみかぜ》　○疎＝疎遠
○尚友＝いにしえの人を友とする、古典、古文を読むこと
○蓬廬＝粗末な家、あばらや

寒夜読書

炉辺　閑に看る百家の書
風濤《ふうとう》を謝絶して世《よ》と疎《そ》なり
尚友《しょうゆう》の興《きょう》、新《あらた》にして眠り得ず
青燈一穂《せいとういっすい》　蓬廬《ほうろ》を守る

「青燈一穂蓬廬を守る」とは、机の上に明かりを一つ点けて、深夜、読書をすることを云う。菅茶山の「冬夜読書」の詩に「一穂の青燈　万古の心」の句がある。なお燈（蒸韻）は一般のともしびを云い、灯（青韻）は激しい光を云う語で漢詩では別字である。

【己卯《きぼう》平成十一年】

祝新婚　其一

正月佳辰茲結婚
弾琴当楽美人魂
関雎夢足真清福
渓畔新居無世煩

○弾琴＝琴を弾く　高士弾琴の語あり
○関雎＝水鳥の名、みさご　関雎夢は夫婦仲の良いこと
○世煩＝世の中のわずらわしいこと

新婚を祝す　其の一
正月の佳辰《かしん》　茲《ここ》に婚《こん》を結ぶ
弾琴　当《まさ》に美人の魂を楽しましむべし
関雎《かんしょ》の夢足りて真に清福
渓畔の新居　世煩《せいはん》なからん

詩経・関雎は夫婦の仲睦まじいことを歌った詩である。詩中に「窈窕《ようちょう》たる淑女は琴瑟《きんしつ》もて之《これ》を友とす。窈窕たる淑女は鐘鼓《しょうこ》もて之《これ》を楽しましむ」とある。

其二

花下何須山海珍
清閑白屋万年春
穿重嶺訪旧朋友
仙境初逢如玉人

○何須＝必要ない　○山海珍＝ご馳走
○白屋＝貧しい家の意だが親しい友人の清貧を誉《ほ》めて用いた
○重嶺＝重なった山々
○玉の如き人は新婦のこと

其の二

花下《かか》　何ぞ須《もち》ゐん山海《さんかい》の珍
清閑白屋万年《せいかんはくおくまんねん》の春
重嶺《ちょうれい》を穿《うが》ち訪《と》ふ旧朋友《きゅうほうゆう》
仙境　初めて逢ふ玉の如き人

其三

高士帰山脱世煩

清流深処入新婚

家邦衰替縁因果

夫婦貞誠宜子孫

○帰山＝ここでは仕事を辞めて故郷に帰ること

○衰替＝衰え滅亡すること

其の三

高士《こうし》　山に帰りて世煩《せいはん》を脱す

清流深き処　新婚に入る

家邦《かほう》の衰替《すいたい》は因果《いんが》に縁《よ》る

夫婦の貞誠《ていせい》　子孫に宜《よろ》し

以前、一緒に仕事をしていた同期入社の友人が島根県に帰郷して結婚をした。訪ねて行ってみると、土地の名前には神話時代以来の名前が多く驚いた。それで山近い、川沿いにある友人の新居を仙境と呼んだのである。三首目の意は、家族の幸福も国家の繁栄もその大本は夫婦の愛情にある、頑張ってください、と励ましたもの。

梅天閑詠

宿雨蕭蕭昼尚昏

朱楼蓬屋尽関門

衣沾靴没深泥路

雉子一声江上村

○宿雨＝連日の雨

○朱楼は権貴の家、蓬屋は貧しい家　併せて、どの家もの意

○雉子＝きじ

梅天閑詠《ばいてんかんえい》

宿雨《しゅくう》蕭《しょう》蕭《しょう》昼尚《な》ほ昏《くら》く

朱楼蓬屋《しゅろうほうおく》尽《ことごと》く門を関《と》ざす

衣《ころも》は沾《うるお》ひ靴《くつ》は没す深泥《しんでい》の路《みち》

雉子《ちし》　一声《いっせい》す江上《こうじょう》の村

贈藤巻先生

天高海畔古松林
地籟忽交風雅音
熱唱人知詩道儼
一吟情款與秋深

○地籟＝自然界の音、風の音
○儼＝おごそかできちんとした様
○款＝よろこぶ、親しむ、よしみ、交わる、まこと等

藤巻先生に贈る
天は高し海畔《かいはん》の古松林《こしょうりん》
地籟《ちらい》忽《たちま》ち交《まじ》ふ風雅の音《おん》
熱唱の人は知る　詩道の儼《げん》なるを
一吟の情款《あつ》くして秋とともに深し

藤巻先生は女性ながら詩吟の一派を率いる大家であった。すぐ近所にお住まいであると聞き、御挨拶したところ、一夕、高齢をおして我が家を訪ねて来てくださった。その際、手書きの詩語集と数冊の先生の詩集を頂いた。どうしたら詩が上手くなるでしょうとお尋ねしたところ、「むりくり作るんです」ということで

あった。この言葉は今でも含蓄のある言葉として大切に覚えている。藤巻先生の詩は流れるように、花なら花の美しさを描写していて「むりくり」に作ってもこれだけ無理のない詩が出来るんだと、愍ろな言葉に感心した。わずかな時間お会いしただけで、後でお弟子さんたちに私のことをよく勉強されている人だと言ってくれたらしい。有り難かった。

数日後、三保のホテルで先生率いる吟社の発表会に招いていただいた。この詩はその御礼に葉書に書いて出したものである。「詩道儼」は一門の方達の立ち居振舞いを云ったものである。

歳晩書懐

静聴夜雨又焚香
回顧一年書味長
三月風刀寒苦裡
陶然端坐待春光

○歳晩書懐＝年の末に懐《おも》いを書く　典型的な詩題のひとつ

○書味長＝読書の楽しみ・味わいが尽きない

○三月＝冬の三ヵ月　○風刀＝冬の身を切るような風

○陶然＝うっとりした気持　○端坐＝居住まいを正した正坐

歳晩書懐

静かに夜雨《やう》を聴き　又た香《こう》を焚《た》く

一年を回顧すれば書味《しょみ》長し
三月《さんげつ》の風刀《ふうとう》　寒苦《かんく》の裡《うち》
陶然《とうぜん》　端坐《たんざ》して春光《しゅんこう》を待つ

【庚辰《こうしん》平成十二年】

新年

半生曲折有行蔵
歳旦更加清骨香
無告寒家無俗事
日辺唯見五雲長

○行蔵＝出処進退
○歳旦＝元旦　○清骨＝清らかな身
○無告＝訴えるところを持たない弱い者　○寒家＝貧乏又は無力の士
○五雲＝淑気ある天上にたなびく雲

新年
半生《はんせい》の曲折《きょくせつ》　行蔵《こうぞう》有り
歳旦《さいたん》　更《さら》に加《くわ》ふ清骨《せいこつ》の香《かんば》しきを
無告《むこく》の寒家《かんか》　俗事《ぞくじ》なく
日辺《じっぺん》唯《た》だ見る五雲《ごうん》の長《なが》きを

詩意 人生の半分、非常な苦労があったけれど、けして同義に悖《もと》る事はしなかった。元旦には更に清らかで身の引き締まる思いがする。何の力もない自分だが、かえって世間の俗事に関わることもない。ただ正月のめでたさを感じるばかりだ。

雪中探梅

良宵踏雪看梅遊
花似魚喁月似鉤
遊客誰知春漸近
馨蘇百蟄不曾休

○喁＝魚が口をパクパクさせること　○鉤＝曲がったもの、釣り針

○百蟄＝地中に冬眠するいろいろな虫

雪中探梅《せっちゅうたんばい》

良宵《りょうしょう》　雪を踏む　看梅《かんばい》の遊《ゆう》
花は魚《うお》の喁《あぎ》とふに似て　月《つき》は鉤《はり》に似たり
遊客《ゆうかく》　誰か知らん　春の漸《ようや》く近きを
馨《かお》りは百蟄《ひゃくちつ》を蘇《そ》して曾《かっ》て休《や》まず

詩意　気持ちの良い夜、雪の降った梅園に出かけた。並んで綻《ほころ》ぶ梅花は、魚の出した泡のようで、その上の月は釣り針のようだ。とても寒いので遊客の多くは気付いていないのかもしれない、梅の香りが地中の虫たちを目覚めさせようとし続けているのを。

過僻村

雨晴雲散夕陽村
枯草寥寥冷敗垣
一片所懐何処托
狷狂不假語言温

○寥寥＝さびしげな様子　○敗垣＝壊れた垣根
○所懐＝思うところ
○狷狂＝きつく人を容れない性格　○不假＝借りない、不要

僻村《へきそん》を過ぐ

雨晴れて雲散《くもさん》ず夕陽の村
枯草《こそう》寥寥《りょうりょう》　敗垣《はいえん》冷ややかなり
一片の所懐《しょかい》　何れの処《ところ》に托《たく》さん
狷狂《けんきょう》　仮《か》らず語言《ごげん》の温《あたた》きを

詩意

雨が晴れたのに乗じて山奥の村にやって来た。夕方近くになって崩れかけた垣根が冷たい。淋しい気持ちが胸に溢れてきたが、この愁いをどうしたらいいのだろう。もとより人づきあいの得意な性格ではないので、温かい言葉など期待してはいないが。

【辛巳《しんし》平成十三年】

弔祖母

旦夕常虞永別辰
佳人遂逝玉梅春
世言九秩是長命
恩愛誰知唯一人

○旦夕＝朝な夕な
○佳人＝優《すぐ》れて立派な人、祖母
○世＝世間　○九秩＝九十歳

祖母を弔《いた》む

旦夕《たんせき》常《つね》に虞《おそ》る永別《えいべつ》の辰《とき》
佳人《かじん》遂《つい》に逝《ゆ》く玉梅《ぎょくばい》の春
世《よ》に言ふ九秩《きゅうちつ》は是れ長命なりと
恩愛《おんあい》　誰か知らん唯だ一人《いちにん》

春渡駿河湾
一路舟程経水煙
將過半島碧松辺
禿鷲高下就濤勢
海上芙蓉氷玉然

○舟程＝舟の道のり　○水煙＝春がすみの海
○半島＝三保半島
○禿鷲＝水鳥の大きなもの、鷲は鵜《う》　○濤勢＝なみ
○芙蓉＝富士山

春　駿河湾を渡る
一路《いちろ》舟程《しゅうてい》　水煙《すいえん》を経《へ》
将《まさ》に過《よぎ》らんとす半島碧松《へきしょう》の辺
禿鷲《とくしゅう》高下《こうげ》して濤勢《とうせい》に就き
海上の芙蓉《ふよう》　氷玉《ひょうぎょく》のごとく然《しか》り

春の海を駿河湾フェリーで伊豆から清水に向かった時の詩

夏日即事

何羨心頭滅却涼
解衣盤礴汗如漿
旧山翠色若図画
唯有蝉声洗耳長

○即事＝事に触れてその場で作った詩、口号、口占と同じ
○心頭滅却＝心頭滅却すれば火もまた涼し、の悟りの境地
○盤礴＝（無作法に）足を投出し坐る　○漿＝飲み物
○旧山＝もとの山、或いはふるさとの山
○洗耳＝許由の故事

夏日即事《かじつそくじ》
何ぞ羨《うらや》まん　心頭滅却の涼しきを
衣《ころも》を解《と》き盤礴《ばんぱく》すれば　汗　漿《しょう》の如《ごと》し
旧山《きゅうざん》の翠色《すいしょく》　図画《とが》の若《ごと》く
唯《た》だ蝉声の耳を洗ふ長きことあるのみ

詩意　戦国時代、織田信長に焼き討ちにあった恵林寺の快川和尚は「心頭滅却すれば火もまた涼し」と叫んだが、とてもその様な悟りを得たいとは思わない。裸になって坐っているだけでも大量の汗がジュースの様に流れ出る。見慣れた山は緑濃やかで、まるで絵に描いたよう、いまは蝉が心を洗うように鳴き続

けている。

重陽偶感

東家高士備重陽
庭際遍栽紅與黄
堪謝金英飾頽壁
寒馨流処暮山蒼

○重陽＝九月九日の菊の節句
○高士＝立派な人物、ただしここではそれほどの意味はない
○金英＝金色の花びら
○寒馨＝高潔な香り

重陽偶感《ちょうようぐうかん》

東家《とうか》の高士《こうし》　重陽《ちょうよう》に備《そな》へ
庭際《ていさい》　遍《あまね》く栽《う》ゆ　紅《くれない》と黄《き》い
謝するに堪《た》へたり　金英《きんえい》の頽壁《たいへき》を飾るを
寒馨《かんけい》流るる処　暮山《ぼざん》蒼《あお》し

詩意

東側の家主は趣味のよい人物で、重陽の節句に備《そな》えて庭いっぱいに赤や黄色の菊を植えている。金色

をした菊はうまい具合に壁の壊れた部分を隠している。高雅な菊の香る向こうに青く暮れなずむ山が見えている。

初冬偶成

青嶂参差天外攢
半空雲湧覆長巒
芙蓉峰頂勁風巻
駿海波濤更峭寒

○嶂＝高い山　○参差＝不揃いに並ぶ様
○長巒＝続く山なみ、巒はやま
○芙蓉峰頂＝富士山頂　○勁風＝つよい風
○駿海＝駿河湾　○峭寒＝厳しい寒さ

初冬偶成《しょとうぐうせい》
青嶂《せいしょう》　参差《しんし》として天外《てんがい》に攢《あつ》まり
半空《はんくう》　雲湧《わ》いて長巒《ちょうらん》を覆《おお》ふ
芙蓉峰頂《ふようほうちょう》　勁風《けいふう》巻き
駿海《すんかい》の波濤《はとう》　更《さら》に峭《しょう》寒

【壬午《じんご》平成十四年】

正月静岡駅頭偶見熱海藝妓之歌舞

駅頭雑踏湧絃歌
何幸章台柳下過
稲穂花鈿傾城色
明眸緇服入看多

○章台＝漢の長安に章台という花街《はなまち》があった
○傾城＝美人のこと
○明眸＝明るく澄んだひとみ　○緇服＝緇は黒又は黒い着物

正月、静岡駅頭に偶《たま》ま熱海芸妓《げいぎ》の歌舞を見る

駅頭の雑踏《ざっとう》　絃歌《げんか》湧く
何の幸《さいわい》ぞ章台柳下《しょうだいりゅうか》に過《よぎ》らんとは
稲穂《とうすい》の花鈿《かでん》　傾城《けいせい》の色《いろ》
明眸《めいぼう》　緇服《しふく》　看《かん》に入《い》ること多し

熱海の観光宣伝のために、正月の静岡駅の構内で熱海芸者衆の踊りが披露されていた。稲穂を簪《かんざし》にして挿すのは芸妓の正月の装《よそお》い。

緇服は詩語としては適当ではないかとも思ったが、芸者らしい着物であり感興の中心であったので残すことにした。

詩意 駅の雑踏で三味線の音が聞こえてきた。なんという幸運だろう、まるで花街に来たようだ。稲穂《いなほ》を簪《かんざし》にした美しい人たちの、すずしい眼差《まなざ》しや揃《そろ》いの黒い着物に、すっかり見とれてしまった。

細川幽斎　詠関原役中田邊城開城之事

天下二分人競雄
生還誰恃砲弾中
従来俊傑重文事
勅令不容殲国風

○文事＝文学、芸術

○国風＝和歌

細川幽斎《ほそかわゆうさい》　関ケ原の役中《えきちゅう》、田辺城　開城の事を詠ず

天下二分《にぶん》して　人《ひと》　雄《ゆう》を競《きそ》ふ

生還《せいかん》　誰《たれ》か恃《たの》まん　砲弾《ほうだん》の中《うち》
従来俊傑《しゅんけつ》　文事《ぶんじ》を重《おも》んず
勅令《ちょくれい》　容《ゆる》さず　国風《こくふう》を殲《ほろ》ぼすを

詩意　関ケ原の合戦で国中が東西に分かれて戦っている時、誰か命を惜しむことがあろう。けれども我が国の武士は武ばかりでなく文をも大切にしてきた。丹後の田辺城に籠城する五百名は敵の大群一万五千に取り囲まれ、城主の細川幽斎は徹底抗戦を決めた。けれども彼一人が受けていた古今伝授（古今集の秘伝）が彼の死とともに滅びてしまうことを憂慮された後陽成天皇が両軍に講和を命じ、開城となった。

雷鳥

離山便死雪原禽
顕貴時求強欲尋
両様羽毛冬夏適
赤眉候景此登臨

○顕貴＝身分の高い人
○夏毛と冬毛の二様がある
○赤い眉は雷鳥の特徴

雷鳥《らいちょう》

山を離るれば便《すなわ》ち死す　雪原《せつげん》の禽《とり》
顕貴《けんき》　時に求めて強《し》いて尋ねんと欲す
両様《りょうよう》の羽毛は冬夏《とうか》に適《かな》ふ
赤眉《せきび》　景《けい》を候《うかが》ひ此《ここ》に登臨《とうりん》す

送夏

百日紅燃孤館頭
堪悲無顧素心留
雲思慈雨花思散
天籟蝉声已占秋

○百日紅＝さるすべり、真夏にピンクの花を咲かせる庭木
○素心＝飾り気のない潔白のこころ、平素の本心
○天籟＝自然の音

夏を送る

百日紅《ひゃくにちこう》は燃《も》ゆ　孤館《こかん》の頭《ほとり》
悲しむに堪《た》へたり　顧《かえり》みて素心《そしん》に留《とど》むる無きを

雲には慈雨を思ひ　花には散らんことを思ふ
天籟《てんらい》　蝉声《ぜんせい》　已《すで》に秋を占《し》む

詩意　大きな屋敷の庭先に赤い百日紅《さるすべり》の花が咲いている。満開ながらも独り咲く花を見ながら、たちまち過ぎ去ってしまう夏を惜しく思う。雲を見れば、いつかは雨となって酷い暑さを濯いでくれることを思うし、花もまもなく枯れることだろう。蝉は秋の蝉にかわり町もすでに秋の気配がする。

遊洛南

○洛南＝京都の南部

炎威衰得汗良収
街道田園称壮遊
遠近山青天似水
不知程里洛南秋

○田園＝たはた　○壮遊＝意気盛んな旅　○称＝ほどよい、つりあう
○程里＝距離

洛南《らくなん》に遊ぶ
炎威《えんい》　衰《おとろ》へ得《え》て　汗《あせ》　良《や》や収まる

街道　田園　壮遊《そうゆう》に称《かな》ふ
遠近《えんきん》の山青くして　天　水に似たり
程里《ていり》を知らず　洛南の秋

玉掛《たまが》けの資格（クレーン作業において、吊り上げたい物をワイヤーに掛ける資格）を取るために三日間、京都の教習所に通った。静岡でも勿論、教習所があったのだが、遊びがてら京都駅前の木賃宿《きちんやど》に泊まり夜は遊びに行ったわけである。教習所は向日市《むこうし》に近く、付近は昔ながらの田園地帯で美しい木造農家も多かった。教習所の側《かたわ》らの国道は一七一号線で、神戸に住んでいた時は頻繁に利用した国道だった。いつかこの国道を通って京都まで車で行ってみようかと思っていたので感慨深かった。関西人は皆「いないち」と呼んでいたが、それもカルチャーショックであった。

【癸未《きび》平成十五年】

滑雪行

滑雪場天無一雲
笑声断叫樹間聞
描弧緩急幾斜面
春在中心已十分

○滑雪場＝スキー場
○断叫＝叫び声
○中心＝こころのなか

滑雪行《かっせつこう》
滑雪場天一雲《かっせつじょうてんいちうん》無く
笑声断叫樹間《しょうせいだんきょうじゅかん》に聞く
弧《こ》を描《えが》く緩急幾斜面《かんきゅういくしゃめん》
春は中心《ちゅうしん》に在りて已《すで》に十分

雪中探梅

氷蕋如泡万粒軽
千枝表得画中情
朝来急雪休群物
貴種高懐亦自清

○氷蕋＝梅花
○画中情＝絵のようだ
○朝来＝朝から　○群物＝多くのもの、万物（何もかも）
○梅には貴人の操が有るとされている

雪中探梅《せっちゅうたんばい》
氷蕋《ひょうずい》　泡《あわ》の如《ごと》く万粒《ばんりゅう》軽く
千枝表《あらわ》し得たり　画中の情
朝来《ちょうらい》の急雪《きゅうせつ》　群物《ぐんぶつ》を休ませ
貴種《きしゅ》の高懐《こうかい》　亦自《またおのずか》ら清し

春雨

朝来烟雨鎖蓬扉
誰知忘憂酒是依

○酒是依＝酒に依る、を強めた言い方

認得小庭籬落下　○籬落＝かきね
耐寒経暖草応肥

春雨《しゅんう》

朝来《ちょうらい》の烟雨《えんう》　蓬扉《ほうひ》を鎖す
誰れか知らん　忘憂《ぼうゆう》　酒に是れ依《よ》るを
認め得たり　小庭籬落《しょうていりらく》の下《もと》
寒に耐《た》へ暖を経《へ》て　草は応《まさ》に肥ゆるなるべし

即事　其一

燕雀鬩牆方悍鷔　○鬩牆＝家の垣根で闘う　○悍鷔＝激しく猛々《たけだけ》しく傲《おご》りたかぶる様
暴風捲地正如号
四隣炊爨海村晩　○四隣＝隣近所
毀岸狂濤安可逃

即事《そくじ》 其の一

燕雀《えんじゃく》 牆《かき》に鬩《せめ》ぐ 方《まさ》に悍鷙《かんごう》
暴風《ぼうふう》 地を捲《ま》き正《まさ》に号《さけ》ぶが如《ごと》し
四隣《しりん》 炊爨《すいさん》す 海村《かいそん》の晩《くれ》
岸を毀《こぼ》つ狂濤《きょうとう》 安《いず》くんぞ逃《のが》る可《べ》けんや

其二

弄璋半百幾年憂
庭訓有威人見囚
寝陋男児姦黠子
長甘嘲笑二毛頭

○弄璋＝男子の誕生、弄璋之喜　○半百＝凡そ五十年
○庭訓＝家庭のおしえ、きめごと
○寝陋＝醜い　○姦黠＝悪がしこい　韓愈、酔留東野に「韓子稍姦黠」
○二毛＝白髪まじり

其の二

璋《たま》を弄《ろう》して半百《はんびゃく》 幾年憂ふ
庭訓《ていきん》 威《い》あり 人に囚《とりこ》にせ見《ら》る

寝陋《しんろう》の男児《だんじ》　姦黠《かんきつ》の子《こ》
長《つね》に嘲笑《ちょうしょう》に甘んじて二毛《にもう》の頭

其三

慢言無度笑清介
泣叫含威廃外交
嗟舜何人我将及
菲才恰似井初爻

○清介＝ひとに隔たるこころ
○外交＝ひととの社会的な付合い
○舜＝帝堯の後を継いだ儒家の理想とした人物
○菲才＝能力がない　○井＝易経の卦、水風井

其の三

慢《あなど》り言ふこと度《ど》なく　清介《せいかい》を笑ひ
泣き叫ぶこと威《い》を含み外交《がいこう》を廃せしむ
嗟《あ》あ　舜何人《しゅんなんびと》ぞ　我《われ》　将《まさ》に及ばんとするも
菲才《ひさい》恰《あたか》も似たり　井《せい》の初爻《しょこう》

易経の卦、水風井の初爻は「井泥不食　旧井无禽（井、泥して食らわれず。旧井に禽なし）」井戸は泥水で飲むことができない、鳥さえもやっては来ない。

遊大覚寺

茶筅花開七五三

夕陽照殿菊真酣

庭湖石仏宸遊跡

客楽承平風雅談

○茶筅＝抹茶を掻き混ぜる時に用いる、ささら　花が茶筅に似る

○庭湖＝大沢池の別称　○宸遊＝天子のおでまし

大覚寺に遊ぶ

茶筅《ちゃせん》の花は開く　七五三

夕陽　殿を照らして　菊　真に酣《たけなわ》なり

庭湖《ていこ》　石仏《せきぶつ》　宸遊《しんゆう》の跡

客は楽しむ　承平風雅の談

嵯峨野の大覚寺に菊を見に行った。大覚寺は元、嵯峨天皇の離宮である。行った時にはちょうど数百、或いは千ほどの鉢植えが寺を埋めていて、高さ二メートル程度、茶筅状の花を下から七つ、五つ、三つずつ咲かせたものを嵯峨菊と称していた。

論時事

曾聴隊商来往繁
参差楼観市場喧
堪悲沙塞堆枯骨
誰識旧邦黎首存

○参差＝高さがばらばらな　○楼観＝塔　○市場＝バザール
○沙塞＝砂漠のとりで
○旧邦＝非常に歴史のある国　○黎首＝人民

時事を論ず
曾《かつ》て聴《き》く　隊商来往繁《たいしょうらいおうしげ》く
参差《しんし》たる楼観《ろうかん》　市場《しじょう》　喧《かまびす》しと
悲しむに堪《た》へたり　沙塞《ささい》　枯骨《ここつ》　堆《うずたか》し
誰か識らん　旧邦《きゅうほう》に黎首《れいしゅ》存《そん》するを

イラク戦争を詠ず。アメリカがフセインを排除するために始めた戦争であったが、その結果、石油支配を広げたわけでもなく、結局、中東の混乱が拡大。治安維持に大きな力を持っていたイラク軍が実質的には消滅し、ＩＳの誕生、欧州の難民問題につながってきたのではないだろうか。結句は千年もの歴史のある国の伝統や風習や考え方を、単純で一方的な思い込みで否定し、破壊することの愚を云ったもの。

【甲申《こうしん》平成十六年】

春寒訪友

辞去朋家安水隈
長堤半里送余来
已無微酔温紅頬
唯見道中寒白梅

○安水＝静岡市西部を流れる安倍川

春寒《しゅんかん》　友を訪ふ

朋《とも》の家《いえ》を辞去《じきょ》す　安水《あんすい》の隈《くま》
長堤半里《ちょうていはんり》　余《われ》を送り来《きた》る
已《すで》に微酔《びすい》の紅頬《こうきょう》を温《あたた》むる無く
唯《た》だ見る　道中の寒《かん》白梅

蕨　駿奥之山陽宜栽茶樹。茶樹老則以刈除。而後薇蕨能生長。

桜花半散白雲荘

○荘＝いなか、いなかの家

山面茶園老就荒

○就荒＝荒れる、荒れた状態になる

唯有南風撫繁草

蕨芽鬱勃領春光

蕨《わらび》　駿奥《すんおう》の山陽（山のみなみ）茶樹を栽《う》うるに宜《よろ》し。茶樹、老ゆれば則《すなわ》ち以《もっ》て刈り除く。

而《しか》して後、薇蕨《びけつ》、能く生長す

桜花《おうか》半《なか》ば散《さん》ず　白雲《はくうん》の荘《そう》

山面《さんめん》の茶園《ちゃえん》　老《お》いて荒《こう》に就《つ》く

唯だ　南風の繁草《はんそう》を撫《ぶ》する有りて

蕨芽《けつが》　鬱勃《うつぼつ》として春光を領《りょう》す

友邦　詠台湾

善隣好語徒空雙

○善隣好語＝日中友好ということば

廟議誰論脣歯邦
屋外狂風非我事
残蠅趁暖護南窓

○廟議＝国会　○脣歯＝隣の国が亡べば自国も危ういこと　脣亡歯寒
○屋外狂風＝外国の横暴と引き起こされる危機をたとえる
○残蠅＝国家の安危に向き合わぬ小人を云う

友邦《ゆうほう》　台湾を詠ず

善隣《ぜんりん》の好語《こうご》　徒《いたず》らに空《むな》しく双《なら》べ
廟議《びょうぎ》　誰れか論ず　脣歯《しんし》の邦《くに》
屋外《おくがい》の狂風《きょうふう》　我が事に非ずと
残蠅《ざんよう》　暖《だん》を趁《お》って南窓《なんそう》を護《まも》る

冬夜読書

霜気頻催夢破時
一杯冷水慰吾思
寒燈照机従容裡
却懌古賢氷雪詩

○夢＝睡眠

冬夜読書《とうやどくしょ》

霜気《そうき》　頻りに催《もよお》す　夢破れし時
一杯の冷水　吾が思ひを慰む
寒燈　机を照らす　従容《しょうよう》の裡《うち》
却って懌《よろこ》ぶ　古賢　氷雪の詩

臘月半如春
公園水暖鯉魚肥
気象何図寒自微
十字街頭逢旧友
皮裘春服不相誹

○臘月＝十二月
○十字街頭＝十字路、賑やかなまちなか
○皮裘＝かわごろも

臘月《ろうげつ》　半《なか》ば春の如し
公園　水暖かにして　鯉魚《りぎょ》肥ゆ
気象　何ぞ図《はか》らん　寒《かん》　自《おのずか》ら微ならんとは

十字街頭《じゅうじがいとう》　旧友に逢ふ
皮裘《ひきゅう》　春服《しゅんぷく》　相《あ》ひ誹《そし》らず

結句は、一人は暖かい冬物、一人は春物を着ている事を云ったまでである。

【乙酉平成十七年】

元旦贈某

旭日曈曈万戸迎
新年淑気満王城
今朝崛起人多少
脈脈忠魂何七生

○曈曈＝夜が明けかかる事
○王城＝東京の人に贈った為にかくいう
○崛起＝草莽崛起は民間から立ち上がる事　○多少＝多い
○七生＝七たび生まれかわるの意

元旦某に贈る

旭日曈曈《とうとう》　万戸《ばんこ》迎へ
新年の淑気《しゅくき》　王城に満つ
今朝《こんちょう》　崛起《くっき》の人多少《ひとたしょう》
脈脈として忠魂　何ぞ七生《しちしょう》のみならんや

詩意　祖国を大切に思う人が増えています。七生報国を誓って亡くなった楠公、松陰、西郷のあとをうけ、元旦の淑気に触れて、奮い立つ人たちが大勢いる筈です。

特急梓

満席車中人語疎
暖齎安楽夢華胥
雪原疾駆似弓剪
一片感懐聴所如

○華胥＝良い夢、ひるね、華胥は夢の中の国名
○弓剪＝弓矢、列車名「あずさ」ゆみに掛けた
○如＝行く

特急あずさ

満席の車中　人語《じんご》疎《そ》なり
暖《だん》は安楽を齎《もたら》し　華胥《かしょ》を夢む
雪原　疾駆《しっく》すること弓剪《きゅうせん》に似たり
一片《いっぺん》の感懐《かんかい》　如《ゆ》く所《ところ》に聴《まか》す

村社祭礼観童女雅楽之舞
繞宇青松古色斉
往年社殿渋鴬啼
金鈴頻響舞童女
扁額堂堂何世題

○宇＝やね

村社祭礼　童女雅楽の舞を観る
宇《う》を繞《めぐ》る青松《せいしょう》　古色《こしょく》斉《ひと》し
往年《おうねん》の社殿《しゃでん》　鴬啼《おうてい》渋《しぶ》る
金鈴《きんれい》　頻《しき》りに響いて童女《どうじょ》舞《ま》ふ
扁額《へんがく》堂堂　何《いずれ》の世にか題せし

偶成

堪憂常酔事多乖
飽食煖衣都乱階

○暖衣飽食＝安楽な生活

○乱階＝乱れるもと

唯願螢窓読書外
寒江垂釣好生涯

○螢窓＝晉の車胤が蛍を袋に詰め、その光で勉強した故事
○寒江垂釣＝俗世を離れた生活　柳宗元の詩「江雪」から出た言葉

偶成

憂ふるに堪へたり　常に酔ふて　事《こと》多く乖《そむ》く
飽食煖衣《ほうしょくだんい》　都《すべ》て乱階《らんかい》
唯だ願ふ　螢窓《けいそう》読書の外《ほか》
寒江垂釣《かんこうすいちょう》の好生涯

困花粉

山麓光風新緑堆
桃花発得替紅梅
映窓景隔煙霞楽
花粉悩人難遠徊

○煙霞楽＝自然を楽しむために山野に遊ぶことを云う常用の語

花粉に困《くる》しむ

山麓《さんろく》　光風《こうふう》　新緑《しんりょく》　堆《うずたか》し
桃花《とうか》　発《ひら》き得て　紅梅に替《かわ》る
窓に映ずる景は隔《へだ》つ　煙霞《えんか》の楽《たのしみ》
花粉　人を悩まし　遠く徊《さまよ》ひ難《がた》し

釈山縣大貳所著柳子新論有感

秘姓遷時却滅身
何辞斬首委紅塵
誰図転倒酸風極
将起平成草莽人

山縣大貳《やまがただいに》の著《あら》はす所の柳子新論《りゅうししんろん》を釈《しゃく》して感有り

姓《せい》を秘《ひ》し時を遷《うつ》して却って身を滅ぼす
何ぞ辞せん　斬首せられて紅塵に委《い》するを

誰か図《はか》らん　転倒　酸風極まるを
将に起《た》たさんとす　平成草莽《そうもう》の人を

山縣大貳は江戸時代後期の学者。武家が日本を支配するようになった歴史を批判し、尊王倒幕思想の遠い先駆けとなった。一七六七年処刑された。大正十年、山梨県竜王町に（現甲斐市）山縣神社が創建される。柳子新論を現代語訳し、参拝に行ったところ三井甲之の歌碑「ますらおのかなしきいのち積み重ねつみかさねまもるやまと島根を」が立っていた。
また静岡市内赤目《あかめ》が谷《や》の寺院には、歌人である兄・野澤昌樹の遺品が遺されており、高名な医者でもあったようで近年まで病院関係者が墓参に訪れていたとのことであった。

詩意 柳子新論を書くにあたって自らの名前を隠し、著作の時代を織《しょく》豊《ほう》時代に擬《ぎ》したのだが結局、身を滅ぼすことになってしまった。けれども首を切られて巷《ちまた》の塵となったことを後悔はしまい。世間の多くの人たちが気づかぬまま、今も再び道理の通らないおかしな世の中になってはいるが、この書によって自ら考えられる人間が増えてほしい。

展若林東一大尉之墓

○展＝お参りをする　墓は出身地、山梨県南部町にある

独断成功勇士墳

読経声切献花芬
下望山郭連江水
此地長伝武與文

○山郭＝山中の村　○江水＝富士川

若林東一《わかばやしとういち》大尉の墓に展《てん》す
独断　功を成す勇士の墳《ふん》
読経《どきょう》の声は切《せつ》に　献花は芬《かお》る
下に山郭《さんかく》を望めば江水《こうすい》に連《つら》なる
此の地　長《とこし》へに伝《つた》へん　武と文を

若林東一大尉は兵卒から士官学校に入り首席卒業、香港攻略戦では中隊長として偵察を行った際、警戒の不備を見つけて独断で攻撃、香港陥落を極めて速く成功させるきっかけとなった。非常に部下思いで、部下からも絶大な信頼を得ていた。その後ガダルカナルで勇戦、両手両足を負傷し、部下に負ぶわれて大隊本部に出頭した際、後方に下がるよう命令されたがそのまま部下のいる前線に戻り戦死した。日本に持ち帰られた若林大尉の日記の裏表紙には「あとに続く者を信ず」という言葉が書かれていた。

山中、富士川沿いの東岸、見晴らしの良い広い斜面上方に彼が生まれた村があり、そのすぐ上が、村の墓地である。景は雄大であった。

賽熱田観音
山崎大佐誕生村
新燕飛来農事繁
内外喧騒君勿問
薫風吹処弔忠魂

○賽＝神仏の福に感謝しお参りする、熱田はアッツと読む

熱田《アッツ》観音《かんのん》に賽《さい》す
山崎大佐誕生の村
新燕　飛び来たり　農事繁《しげ》し
内外《ないがい》の喧騒《けんそう》　君　問ふこと勿《なか》れ
薫風吹く処　忠魂を弔ふ

昭和十七年六月、日本軍はアメリカ軍のシベリアへの進出を予防するため、アラスカ州内アリューシャン

列島のアッツ（熱田）、キスカ両島を攻撃、占領した。唱和十八年五月、米軍は陸軍一万一千をもって上陸、それに先立ち大本営は山崎保代《やすよ》大佐を潜水艦で上陸させ、徹底抗戦を命令したが、海軍はガダルカナル方面で作戦行動中であり、日本兵二千六百五十を守備に付けたまま、援軍、補給を断念することとなった。山崎大佐は米軍を島内に引き込み激戦の後、残兵三百とともに突撃、敵師団本部まで肉薄したが力及ばず玉砕した。生家である山梨県都留市の寺院、保寿院には熱田観音が建立されている。

金崎懐古

曾伴美人船上歌　○太平記の記事をそのまま詠じた
当時魂魄果如何
海収落照深林黙　○落照＝夕陽
翠帳紅閨悲感多　○翠帳紅閨＝本朝文粋、和漢朗詠集に有り　婦人のへやの意

金ケ崎《かながさき》懐古
曾《かつ》て美人を伴《ともな》ひ船上に歌ふ
当時の魂魄《こんぱく》　果《はた》して如何《いかん》

海は落照を収めて深林は黙《もだ》す
翠帳紅閨《すいちょうこうけい》　悲感《ひかん》多し

訪埋木舎

小舎煎茶聊尽歓
文人旧屋尚堪観
吾家出自功臣裔
何用終身泉石安

○埋木舎＝井伊直弼が部屋住みの時住んだ家
○煎茶＝直弼は茶道極意を得ている
○裔＝末裔　井伊直政は徳川四天王の一人、井伊氏は譜代の筆頭とされた
○泉石＝世間を離れ、自然を楽しんだり、庭いじりにいそしむこと

埋木舎《うもれぎのや》を訪ふ
小舎《しょうしゃ》　茶を煎《に》て聊《いささ》か歓《かん》を尽《つ》くす
文人《ぶんじん》の旧屋《きゅうおく》　尚《な》ほ観《み》るに堪へたり
吾が家の出自《しゅつじ》は功臣《こうしん》の裔《すえ》
何《なん》ぞ用《もち》ゐん　終身《しゅうしん》　泉石《せんせき》に安《やす》んずるを

十四男として生まれた井伊直弼は三十二歳まで部屋住み、つまり社会に出ることのない埋もれ木である、という覚悟で生活をしていた。その建物が今も彦根城に残っている。けれども兄の死後、彦根藩の藩主となり藩政改革を断行、名君と呼ばれた。また幕府の大老となり安政の大獄を実施、桜田門外の変で暗殺された。

夏山

侵暑将登翠黛山
孤懐已飽汗塵寰
襛花繁木無人識
欣見破雲飛鳥還

○翠黛山＝美人のまゆ墨を思わせる、緑のけむる美しい山
○塵寰＝世間、人間世界
○襛花＝盛んな花

夏山

暑《しょ》を侵《おか》して将《まさ》に登らんとす　翠黛《すいたい》の山
孤懐《こかい》　已に飽《あ》く塵寰《じんかん》に汗《あせ》するを
襛花《じょうか》　繁木《はんぼく》　人の識《し》る無し
欣《よろこ》び見る雲を破って飛鳥《ひちょう》の還《かえ》るを

過菊川　郵政国会下不報道人権保護法。令下則邦人之言当被遮。

巖廊喋喋若聞鴞
無奈法網腥気饒
却思禿童鎌府扼
顧身也竦菊川橋

○巖廊＝ここでは国会　喋喋＝お喋り　○鴞＝ふくろう　奸悪の譬
○無奈＝どうすることもできない
○禿童＝平安末、清盛の故事　○鎌府扼＝鎌倉時代、承久の変

菊川《きくがわ》を過ぐ　郵政国会下、人権保護法を報道せず。令下らば、則ち、邦人の言、当に遮《さえぎ》らるべし。

巖廊《がんろう》　喋喋《ちょうちょう》　鴞《きょう》を聞くがごとし
いかんともするなし　法網《ほうもう》　腥気《せいき》饒《おお》きを
却《かえ》って思ふ　禿童《とくどう》　鎌府《れんぷ》の扼《やく》
身《み》を顧《かえり》みて　也《ま》た竦《おそ》る　菊川《きくがわ》の橋《はし》

人権保護法とは、人権を守るという名目で、選挙によらず選ばれた外国人を含む一般市民が人権委員となり、法律にも制約されず、警察の捜査、裁判もまたず、独自の判断で人権侵害と目された者を拘束、家宅捜査できると云う法律。

これを平安末期、平清盛が禿童と呼ばれる子供達を街に徘徊させ、平家の悪口を言った者たちを通報させ捕えたことに譬《たと》えた。

この静岡県島田市菊川には、承久の乱で捕えられ鎌倉への護送中、この地で死を覚悟した藤原宗行の詩碑がある。詩に曰く「昔南陽県之菊水　汲下流延齢　今東海道之菊河　宿西岸亡命」（昔、南陽県の菊水、下《くだ》れる流れを汲《く》みて齢《よわい》（寿命）を延ばす　今、東海道の菊河、西岸に宿りて命を亡《うし》なう）不老長寿の菊水に地名が似ていることからの連想である。結局宗行卿は鎌倉までたどり着かず御殿場で処刑された。

その百年後、同様に倒幕に失敗した日野俊基が、やはりこの菊川宿で藤原宗行を思い「いにしえも　かかるためしを　菊川の　同じ流れに　身をやしづめん」との和歌を作った。この和歌の碑も宗行卿の詩碑とならんで建っている。

睡蓮

非洛非湘門戸前
一盂栽得出波蓮
清風恰好素花発
欲待軽羅來訪憐

○洛＝洛水　○湘＝湘水　ともに曹植「洛神賦」にでてくる川の名前
○盂＝はち
○素花＝白い花
○輕羅＝薄絹のころも、美人の喩　○憐＝心をうごかす

睡蓮《すいれん》

洛《らく》にあらず　湘《しょう》にあらず　門戸《もんこ》の前《まえ》
一盂《いちう》　栽《う》ゑ得《え》たり　波《なみ》を出《い》ずる蓮《はす》
清風　恰《あたか》も好《よ》し　素花《そか》の発《ひら》くに
待たんと欲す　軽羅《けいら》の来たり訪ねて憐むを

詩意　昔、旅の詩人が、洛水のほとりで美しい神女に出会いました。顔かたちは「波を凌《しの》いで咲く」蓮の花のようでした。わたしも家の前に、水を湛えたひと鉢の蓮を置いてみました。洛水の大きさはありませんが、美しい神女が立ち寄ってくれるかもしれません。

秋日郊行

金風時節不堪抛
被帽携書遊遠郊
何幸無端値秋社
笛声頻響鼓音交

○金風＝秋風
○無端＝思いがけず
○秋社＝秋の村祭り

秋日郊行《しゅうじつこうこう》

金風《きんぷう》の時節《じせつ》　抛《なげう》つに堪《た》へず
帽《ぼう》を被《かぶ》り書《しょ》を携《たずさ》へ遠郊《えんこう》に遊ぶ
何の幸《さいわい》ぞ　端無《はしな》くも秋社《しゅうしゃ》に値《あ》ふ
笛声《てきせい》頻《しき》りに響き　鼓音《こおん》交《まじ》ふ

訪鈴木東洋先生　豪韻三首

稲花発処話滔滔
終日倶鑑名物刀
入屋秋光映秋水
灘声疑是刃中濤
遠州洋上泛鯨鼇
如水長天円月高

○滔滔＝はなしが尽きないこと
○名物＝先生の所蔵は享保名物の氏家貞宗の短刀である
○秋水＝刀
○刃中濤＝刃紋
○鯨鼇＝くじらとおおがめ、海中の怪物を指す

笑殺汚隆二千歳
丈夫到処気愈豪

○汚隆は盛衰を云い、二千歳は日本の来し方を云う

潔清美徳本邦高
人傑地霊誰不豪

○「地は霊に、人は傑」は乃木将軍詩中の語

幸為先生有純篤
慨然揮得一枝毫

鈴木東洋先生を訪ふ　豪韻三首

稲《とう》花《か》発《ひら》く処　話《かた》ること滔滔《とうとう》
終日倶《しゅうじつとも》に鑑《み》る　名物《めいぶつ》の刀《かたな》
屋《おく》に入《い》る秋光《しゅうこう》　秋水《しゅうすい》に映《えい》じ
灘声《たんせい》　疑ふらくは是れ刃中《じんちゅう》の濤《なみ》

遠州洋上《えんしゅうようじょう》　鯨鼇泛《げいごううか》ぶ
水の如き長天《ちょうてん》　円月高《えんげつだか》し
笑殺《しょうさつ》す　汚隆《おりゅう》二千歳《にせんさい》
丈夫《じょうふ》到る処　気《き》愈《いよいよ》豪《ごう》なり

潔清《けっせい》の美徳《びとく》　本邦高《ほんぽうたか》し
人は傑《けつ》に地は霊《れい》にして　誰か豪《ごう》ならざらん
幸《さいわ》ひ先生の純篤《じゅんとく》あるが為に
慨然《がいぜん》　揮《ふる》ひ得《え》たり一枝《いっし》の毫《ふで》

鈴木東洋先生は御前崎市新野《にいの》の医師。井伊直政を救った新野《にいの》左馬助《さまのすけ》様を顕彰し、城郭の研究をされていた。また井伊家所蔵の刀についての論文がある。

御高齢のため静岡でともに飲むこともなくなり、新野のご自宅に遊びに伺うようになって、幾度も享保名物の刀と軍医で出征した時の佩刀を見せていただいた。

また、私の車の助手席に乗っていただいていると、道で出会う人たちが先生に頭を下げて行く。先生の人柄を窺い得たと同時に、純朴な土地柄に感動した。平泉澄《ひらいずみきよし》博士の米良《めら》での佳話そのままであった。（「平泉澄、菊池勤王史」による）

大中寺　寺在於沼津

少年戯折苑梅柯
従此恩香歓笑多
刧後幽庭行啓日
堪知追慕與風波

○少年＝大正天皇
○恩香＝大中寺恩香殿は皇族のご訪問の為に建てられた部屋
○刧後＝第二次世界大戦ののち　○幽庭＝静かで奥深い庭

大中寺《だいちゅうじ》　寺は沼津に在り
少年戯《たわむ》れに折る苑梅《えんばい》の柯《えだ》
これより恩香《おんこう》　歓笑《かんしょう》多《おお》し
刧後《ごうご》　幽庭《ゆうてい》　行啓《ぎょうけい》の日《ひ》
知るに堪《た》へたり追慕《ついぼ》と風波《ふうは》と

沼津市内の風光明媚な海岸に東宮殿下（大正天皇）ご静養のための御用邸があった。付近で狩猟等を楽しまれ、ご健康を回復された東宮殿下はしばしば沼津市北方にある大中寺にお立ち寄りになられた。ある時、親《みずか》ら梅一枝を折られたことがあり、此の梅は住職によって龍潜梅と名づけられた。

明治三十六年には皇太子殿下（大正天皇）皇太子妃殿下（貞明皇后、当時十八歳）お二人の行啓があった。皇后陛下（昭憲皇后）、東宮殿下、皇孫殿下、御皇族の行啓ご訪問多く、為に恩香殿を建つ。終戦後間も無く、数十年ぶりの貞明皇后の行啓があり、大正天皇ゆかりの龍潜梅を御覧になられた。

乗潜水艦　詠雪潮

巨鯨半没不低昂
莅戦各房連若腸
峩艦精強祖国護
快風晴裏旭旗揚

○不低昂＝揺れることがない
○峩艦＝大きなふね
○旭旗＝旭日旗

潜水艦に乗る　雪潮《ゆきしお》を詠ず
巨鯨半《きょげいなか》ば没《ぼっ》して低昂《ていこう》せず
戦《たたか》ひに莅《のぞ》んで　各房連《かくぼうつら》なること腸《はらわた》の若《ごと》し
峩艦《がかん》　精強《せいきょう》　祖国《そこく》の護《まも》り
快風晴裏《かいふうせいり》　旭旗揚《きょくきあ》がる

待人

行路屯難蹩躠情
駅頭佳会待初更
何時娶得繊腰女
履正団欒答聖明

○蹩躠＝凡庸、この語、佐久間象山「送吉田義卿」に出る
○初更＝夜を五等分した最初、七時から九時頃

人を待つ

行路《こうろ》屯難蹩躠《ちゅんなんべっせつ》の情《じょう》
駅頭《えきとう》の佳会《かかい》　初更《しょこう》に待《ま》つ
何《いず》れの時《とき》にか繊腰《せんよう》の女《じょ》を娶《めと》り得《え》て
正《せい》を履《ふ》み団欒《だんらん》して聖明《せいめい》に答《こた》へん

詩意　思うに任せぬ人生ながら、いま夜の七時に駅でデートの約束をしている。いつか家庭を持ったなら、正義を判断の基として幸せを身に付けて天地に感謝して生きていこう。

【丙戌《へいじゅつ》平成十八年】

一月十四日凍雨之日。赴于日比谷野外音楽堂。
参皇室典範改悪反対集会。與同心一千五百名倶行進街頭。

奇寒無奈雨溟溟
満座堪欣群小星
腸熱衣濡旗起立
欲除蓋世祲氛腥

○蓋世祲氛＝世の中を覆うまがまがしい気配

一月十四日凍雨《とうう》の日、日比谷野外音楽堂に赴《おもむ》き、皇室典範改悪反対集会に参ず。
同心一千五百名と倶に街頭を行進す。

奇寒《きかん》いかんともする無し　雨溟溟《あめめいめい》
満座　欣《よろこ》ぶに堪へたり群小《ぐんしょう》の星《ほし》
腸《ちょう》は熱《ねっ》し衣《ころも》濡《ぬ》れ　旗《はた》　起立《きりつ》す

除《のぞ》かんと欲《ほっ》す　蓋世《がいせい》祲氛《しんぷん》の腥《なまぐさ》きを

大伴部博麻

皇朝歴代済華承
万戸斉欣如日昇
忽遇凶雷身就獄
丁夫魂夢遶觚稜

○教育勅語に「世世厥ノ美ヲ濟セルハ此レ我カ國體ノ精華ニシテ」

○丁夫＝壮年の男子　○觚稜＝（奈良の）宮殿のひさし

大伴部博麻《おおともべのはかま》

皇朝歴代《こうちょうれきだい》　華《か》を済《な》して承《つ》ぎ
万戸《ばんこ》斉《ひと》しく欣《よろこ》ぶ　日《ひ》の昇《のぼ》るが如《ごと》きを
忽《たちま》ち凶雷《きょうらい》に遇《あ》ひて身《み》は獄《ごく》に就《つ》く
丁夫《ていふ》の魂夢《こんむ》　觚稜《こりょう》を遶《めぐ》らん

天智天皇二年（六六三）百済《くだら》を救援するため出兵した日本軍は、唐と新羅《しらぎ》の連合軍に敗れ、この時兵卒であった大伴部博麻は捕虜となって唐の長安に送られていた。そこで唐の日本攻撃の情報を聞き、直ちに日本に知らせるため、自らを売って奴隷となり、仲間四人の旅費を工面して帰国させた。三十年近い年月の後、ようやく帰国が叶い、持統天皇から勅語と褒美を賜《たまわ》ることができた。

春日路傍即事

梅花謝尽麗桃花
宿雨新晴暖漸加
何処近聞新様曲
将開窓戸両三家

○謝＝ちる、去る
○宿雨＝夜を徹する雨
○新様＝はやりの
○両三＝二、三軒

春日《しゅんじつ》路《ろ》傍《ぼう》即事《そくじ》
梅花《ばいか》謝《ち》り尽くして桃花《とうか》麗《うるわ》しく
宿雨《しゅくう》新《あら》たに晴れて　暖《だん》漸《ようや》く加《くわ》はる
何《いず》れの処ぞ　近くに聞く　新様《しんよう》の曲《きょく》
将《まさ》に窓戸《そうこ》を開《ひら》かんとす　両三《りょうさん》の家

冶春郊行

訪花渡水向山遊
香雪緩飛風力柔
一餉貪歓河岸榻
半天鳥語旧交情

○香雪＝白い花が散っていく様
○餉＝外で食べる食物、弁当　○榻＝ベンチ

冶春郊行《やしゅんこうこう》

花を訪《と》ひ水を渡り　山遊《さんゆう》に向かふ
香雪《こうせつ》　緩《ゆる》く飛び　風力《ふうりょく》柔《やわらか》なり
一餉《いっしょう》　歓《かん》を貪《むさぼ》る　河岸《かがん》の榻《とう》
半天《はんてん》の鳥語《ちょうご》　旧交《きゅうこう》の情《じょう》

惴於嚚母之難新卜居

絳蕚日増労不休
花開鳥囀豈能酬

○絳蕚＝あかい花

屋成住得春風裏
洗尽多年積累愁

嚚母之難《ぎんぼのなん》を惴《おそ》れて新たに居《きょ》を卜《ぼく》す
絳蕚《こうがく》　日に増して　労休《ろうや》まず
花開《はなひら》き　鳥囀《とりさえず》るも　豈《あ》に能《よ》く酬《むく》いんや
屋成《おくな》って住み得たり春風《しゅんぷう》の裏《うち》
洗《あら》ひ尽《つ》くさん　多年積累《たねんせきるい》の愁《うれい》

春燕

私窺河畔翠楊陰　○翠楊＝みどりのやなぎ
飛啄蚊群用意深
頡頏緇衣真妙舞　○頡頏＝鳥が高くまた低く飛ぶ様　○緇衣＝黒い衣、燕の羽毛を云う
春愁一片動吾心

春燕《しゅんえん》

私《ひそか》に窺《うかが》ふ　河畔翠楊《かはんすいよう》の陰《かげ》
飛びて蚊群《ぶんぐん》を啄《ついば》み　意を用ふること深し
頡頏《けっこう》　緇衣《しい》　真に妙舞《みょうぶ》
春愁一片《しゅんしゅういっぺん》　吾が心を動かす

時事有感

平生味読菜根譚
天下高官貪欲酣
雖過何辞猶改此
悪中善路不空談

○菜根譚＝処世修養の書として日本の指導者層にもよく読まれた

時事　感有り

平生《へいぜい》味読《みどく》す　菜根譚《さいこんたん》
天下《てんか》の高官《こうかん》　貪欲《どんよく》酣《たけなわ》なり

過《あやま》つと雖《いへど》も何《なん》ぞ辞《じ》せん　猶《な》ほ此《これ》を改《あらた》むるを
悪中《あくちゅう》の善路《ぜんろ》は空談《くうだん》にあらず

菜根譚前集六十八に「為悪而畏人知、悪中猶有善路」（悪を為して人の知るを畏るは、悪中にもなお善路有るがごとし）とあり、一〇五には「不責人小過、不発人陰私、不念人旧悪」（人の小過を責めず、人の陰私をあばかず、人の旧悪をおもわず）とある。新聞雑誌に出る、あまりに恥を知らない高官の利殖に、当初は一刀のもとに処断されるべきだと思っていたが、この詩を作り推敲する過程で考えが変わっていった。詩にはこういう効用（物事を深くゆっくり考えてみる）もあることを初めて感じた次第である。

燕　今年多来燕有入我房者

燕子初来窺我簾
何図畢竟占南檐
新巣却喜譁喃語
更願年年興趣添

○畢竟＝結局、ついに　○檐＝のき、ひさし
○喃語＝ぺちゃくちゃ、雛の声

燕《つばめ》　今年、来燕多く、我が房に入る者有り
燕子《えんし》　初めて来りて我が簾《れん》を窺《うかが》ふ
何ぞ図らん　畢竟《ひっきょう》　南檐《なんえん》を占《し》めんとは
新巣《しんそう》　却って喜ぶ　喃語《なんご》　譁《かまびす》しきを
更《さら》に願ふ　年年興趣《きょうしゅ》の添《そ》はんことを

○煙火戯＝花火

煙火戯

中天皓月水茫茫
野老垂糸玉焰揚
銀雪紅炎頻舞処
濤声不断夜風涼

煙火戯《えんかぎ》
中天皓月水茫茫《ちゅうてんこうげつすいぼうぼう》
野老《やろう》　糸《いと》を垂《た》るれば玉焰揚《ぎょくえんあ》がる

銀雪紅炎《ぎんせつこうえん》　頻《しき》りに舞《ま》ふ処《ところ》
濤声《とうせい》断えず　夜風《やふう》涼し

清水みなと祭りは毎年八月の第一週の金・土・日曜日に行われ、最終日には海上に設置した台船から花火が打ち上げられる。数十分の間、大量の花火が上がり続けることがこの花火の特色である。

陣馬滝　瀑布在富士西麓。頼朝為将軍而催巻狩。夜自陣於此。

瀑布滔滔響一渓
蘚苔湿処白烟迷
英雄魂魄猶存此
林外方聴軍馬嘶

陣馬《じんば》の滝《たき》　瀑布《ばくふ》は富士西麓《せいろく》に在り。頼朝、将軍と為りて巻狩《まきがり》を催し、夜自ら此に陣《じん》す。

瀑布滔滔《ばくふとうとう》　一渓《いっけい》に響《ひび》き
蘚苔湿《せんたいうるほ》ふ処《ところ》　白烟迷《はくえんまよ》ふ

英雄《えいゆう》の魂魄《こんぱく》　猶《な》ほ此《ここ》に存《そん》するがごとく
林外《りんがい》　方《まさ》に聴《き》く軍馬《ぐんば》の嘶《いなな》くを

巻狩は大規模な軍事演習でもあり、数多くの武者が自らの技量を示し、名を上げるために群参した。白糸の滝を観光後、少し離れた陣馬の滝に行ってみた。木立に囲まれた全く静かな場所で、霧が立ち込め、瀑音を追って川を上ると、白煙に包まれた滝に行きついた。付近には陸軍墓地があり、手がはいって雑草もなく清潔で清掃が行き届いていた、村人の心映《こころば》えがしのばれる。詩中にある「林外の馬の嘶き」は勿論まぼろしである。

遊覧下嵐峡

水激潜堆嵐峡流
十人命数若浮漚　○命数＝運命　○浮漚＝あわ
山猿叫断紅楓老
矗出群峰感興稠

遊覧《ゆうらん》して嵐峡《らんきょう》を下る
水《みず》　潜堆《せんたい》を激《げき》す　嵐峡《らんきょう》の流れ
十人《じゅうにん》の命数《めいすう》　浮漚《ふおう》の若《ごと》し
山猿《さんえん》　叫断《きょうだん》し　紅楓《こうふう》　老ゆ
矗出《ちくしゅつ》の群峰《ぐんぽう》　感興《かんきょう》稠《おお》し

初めて保津川下りをした時の詩。実際に猿の多い場所である。

為新婚次浅間温泉

沸沸水声昏至晨
温泉濯患得天真
東方日出煙加白
快意欲伝同室人

新婚を為し浅間《あさま》温泉に次《やど》る
沸沸《ふつふつ》たる水声《すいせい》　昏《くれ》より晨《あした》に至る
温泉　患《うれひ》を濯《あら》って天真《てんしん》を得たり
東方《とうほう》　日《ひ》出《い》でて　煙《けむり》　白きを加《くわ》へ
快意《かいい》　伝《つた》へんと欲《ほっ》す同室《どうしつ》の人に

新婚旅行之途次。拝乃木大将納骨塔。石龕者在松本市南西之負郭幼稚園内。石面及門柱一字之銘不之見。

地闊天澄問路行
村矼留得将軍名
攻城野戦往時恨
石塔無人魂魄清

○矼＝石でできた橋

新婚旅行の途次、乃木大将の納骨塔に拝す。石龕《せきがん》は松本市南西の負郭《ふかく》、幼稚園の内に在り。石面及び門柱に一字の銘もこれを見ず。

地闊《ひろ》く天澄《す》みて路《みち》を問《と》うて行く
村缸《そんこう》　留め得たり将軍の名
攻城　野戦　往時の恨
石塔　人なく　魂魄　清し

以前から乃木将軍の事績に興味があったため、東京、塩原、桃山、下関の乃木神社にはすでに参拝していたが、松本市西郊にも納骨塔があると知り訪ねてみた。将軍の先祖である佐々木高綱が開いた正行寺及び墓所があるため、将軍も尋ねられた由。乃木橋と名付けられた石橋があり、清閑で、おぐらい部落の中にその寺はあった。

石龕は村はずれの幼稚園にあった。説明の看板もなく、幼稚園も休みであったので建てられた経緯など、詳細は分からなかった。

詩中の「攻城野戦」は将軍の「凱旋」詩から採った。

【丁亥《ていがい》平成十九年】

駿河湾

颶気吹雲過碧湾
罾船此日速須還
翩翩飛鳥追奔浪
海上遥見伊豆山

○颶気＝季節の変わり目に吹く大風
○罾船＝網船、罾《そう》は四《よ》つ手網《であみ》を云うが、ここでは巻き網
○翩翩＝鳥などのひるがえる様

駿河湾《するがわん》
颶気《ぐき》　雲を吹き碧湾《へきわん》を過ぐ
罾船《そうせん》　此《こ》の日《ひ》　速《すみ》やかに須《すべか》らく還《かえ》るべし
翩翩《へんぺん》　飛鳥《ひちょう》　奔浪《ほんろう》を追ふ
海上《かいじょう》　遥かに見る　伊豆の山

駿河湾に朝から出てくる船はシラス漁の船である。二隻、或いは一隻の船が長い網を海中に投じ、機械で巻き上げる。更に別の一隻が、獲れたシラスを母港に小運搬する。

六国協議決着。恐我国之甘於暴棄而不復求強也。

自他瞞着怒充胸
伺隙猜狼何所容
二月風波由旧勁
分明洋上仰霊峰

六ケ国協議決着す。我が国の、暴棄に甘んじて復た強きを求めざるを恐る。

自他《じた》の瞞着《まんちゃく》　怒《いか》り胸《むね》に充《み》つ
隙《げき》を伺《うかが》ふ猜狼《さいろう》　何《なん》の容《い》るる所ぞ
二月の風波　旧に由《よ》って勁《つよ》し
分明《ぶんめい》なり　洋上　霊峰を仰ぐ

詩題中に、清国亡国の臣、張之洞の口吻を借りた。「勧学篇」自他瞞着は、他国ばかりでなく自国自身も欺く、騙す、の意。「着」は動作を表す助辞で「着く」等の意味はない。

遊於牧之原

夏初汗額泝涓流

○涓流＝水の少ない、小さな川

丘阜茶園一望収

忽見婦人群恪励

○恪励＝心を移すことなく一心に真面目に励むこと

当医異土万千愁

○異土＝異郷、異国の土地

牧之原《まきのはら》に遊ぶ

夏初《かしょ》　額《ひたい》に汗《あせ》して涓流《けんりゅう》を泝《さかのぼ》れば
丘阜《きゅうふ》の茶園　一望《いちぼう》に収《おさ》まる
忽《たちま》ち見る　婦人　群れて恪励《かくれい》するを
当《まさ》に異土《いど》　万千《まんせん》の愁《うれひ》を医《いや》すべし

牧之原市は静岡県中西部の町。台地一面に茶畑が広がる。

登杉尾山頂展望台　台在清水港北方廿粁之公共温泉

暑威不到展望台
烟雨近山涼気催
南眺大瀛船舶粲
特堪喜伴美人来

○大瀛＝大海　○粲＝白く輝くこと

杉尾《すぎのお》山頂展望台に登る。　台は清水港北方二十キロメートルの公共温泉に在り。

暑威《しょい》は展望台に到らず
烟雨《えんう》　山に近づき　涼気《りょうき》催《もよお》す
南《みなみ》のかた　大瀛《たいえい》を眺《なが》むれば　船舶《せんぱく》　粲《さん》たり
特《た》だ喜《よろこ》ぶに堪《た》へたり　美人《びじん》を伴《ともな》ひ来《き》たるを

釣師

炎威無避水中央
両耳泉声幾許涼
逐大求嘉太公望
釣徒夏日與糸長

釣師《つりし》

炎威《えんい》　避《さ》くる無《な》し　水《みず》の中央
両耳《りょうじ》の泉声《せんせい》　幾許《いくばく》の涼《りょう》
大《だい》を逐《お》ひ　嘉《か》を求《もと》む　太公望《たいこうぼう》
釣徒《ちょうと》の夏日《かじつ》　糸《いと》と長《なが》し

晩夏

士峰昏黒望高天
隣舎園池好碧漣

○士峰＝富士山、雪がないので黒いのである
○漣＝さざなみ

苦熱漸衰花半謝
垣籬尚見絳房鮮

○絳房＝百日紅、さるすべり

晩夏《ばんか》

士峰昏黒《しほうこんこく》　高天《こうてん》に望《のぞ》む
隣舎《りんしゃ》の園池《えんち》　碧漣《へきれん》好し
苦熱《くねつ》漸《やうや》く衰《おとろ》へ　花半《はななか》ば謝《ち》るも
垣籬《えんり》　尚《な》ほ見る　絳房《こうぼう》の鮮《あざやか》なるを

客中逢秋

払衣辞去市中塵
江水花村景物新
風渡禾田候蟲咽
秋情先報客中人

○禾田＝穀物の田畑、稲田　○候蟲＝季節の虫、咽は声を出すこと

客中《かくちゅう》　秋に逢う
衣《ころも》を払《はら》って辞去《じきょ》す　市中《しちゅう》の塵《ちり》
江水《こうすい》　花村《かそん》　景物《けいぶつ》　新《あら》たなり
風　禾田《かでん》を渡って　候蟲《こうちゅう》　咽《えっ》す
秋情《しゅうじょう》　先づ報ず　客中の人

吉月学射

古木森森落葉軽
袴衣学射武夫情
草堂往復小春夜
星的月痕飛矢声

○吉月＝旧暦十月
○往復＝矢取りに垜《あづち》を往復する
○小春＝旧暦十月の暖かな日
○星的＝ほしまと、的の名前

吉月《きちげつ》　射《しゃ》を学ぶ
古木森森《こぼくしんしん》　落葉軽《らくようかろ》し
袴衣《こい》　射《しゃ》を学ぶ　武夫《ぶふ》の情《じょう》

草堂《そうどう》 往復す　小春《しょうしゅん》の夜《よ》
星的《ほしまと》 月痕《げっこん》 飛矢《ひや》の声

柴野栗山の栗山文集を読む内に、近郊、掛川市横須賀に吉田重氏（弓道日置流印西派《へきりゅういんさいは》の祖）の墓があることを知り墓参をした。詳しく調べると静岡市内に、印西派十八代宗家が開く弓道場があったため入門して弓道を始めた。今に至るまで連綿と続き、宗家の姓名もはっきりと知られる流派は極めて少ないと思う。

初冬偶成

籬辺簇菊既癯容　○癯容＝やせた姿
霜後雲低寒漸従
隠士門前頻犬吠
匆忙時節入三冬　○三冬＝冬の三か月

初冬偶成《しょとうぐうせい》
籬辺《りへん》の簇菊《そうぎく》　既に癯容《くよう》

霜後《そうご》　雲低《くもた》れて　寒《かん》漸《よう》く従《や》ふ
隠士《いんし》の門前　頻りに犬吠《けんばい》
匆忙《そうぼう》の時節　三冬に入る

学射

叢林日没薄寒威
恰好閑行人尽帰
燈照射場寥闊地
閃光一箭破霜飛

○寥闊＝さびしく何もないさま

射《しゃ》を学ぶ
叢林《そうりん》　日《ひ》　没して　寒威薄《かんいせま》る
恰《あたか》も好《よ》し　閑行《かんこう》の人　尽《ことごと》く帰る
燈《とう》は照らす　射場　寥闊《りょうかつ》の地
閃光《せんこう》　一箭《いっせん》　霜を破って飛ぶ

【戊子《ぼし》平成二十年】

春雨

掣電奔雷驟雨呵
濁流何事眼前過
共工摧軸唯驚蟄
二月山郷所感多

○掣電＝いなびかり　○驟雨＝とおりあめ　○呵＝しかりつける
○共工＝古代の神　○蟄＝春、冬眠の生物が出てくるのを啓蟄という

春雨《しゅんう》

掣電《せいでん》　奔雷《ほんらい》　驟雨《しゅうう》　呵《か》す
濁流《だくりゅう》　何事ぞ　眼前を過ぐ
共工《きょうこう》　軸を摧くも唯だ蟄を驚かすのみ
二月　山郷　所感《しょかん》多し

共工は大力の持ち主で、顓頊《せんぎょく》と帝位を争った時、不周山にぶつかり、天の柱が折れてしまった。そのため大洪水が起こり、天地が傾き星は西北に集まり、以来川は東に向かって流れるようになったという。

入梅

草肥空翠映江楼
幾架薔薇閑院稠
煙雨今朝池水漲
環堤蛙鼓響清溝

○閑院＝しずかな庭
○蛙鼓＝蛙声

入梅《にゅうばい》

草肥えて　空翠《くうすい》　江楼《こうろう》に映ず
幾架《いくか》の薔薇《しょうび》　閑院《かんいん》に稠《しげ》し
煙雨　今朝　池水漲《みなぎ》り
堤《てい》を環《めぐ》る蛙鼓《あこ》　清溝《せいこう》に響く

初夏偶目

繁枝緑裏足肥梅
初夏山郷好景開
雲雀高鳴飛燕急
薫風快雨那辺来

○雲雀＝ひばり
○那辺＝いずこの辺

初夏偶目《しょかぐうもく》

繁枝《はんし》　緑裏《りょくり》　肥梅《ひばい》足《た》る
初夏《しょか》　山郷《さんきょう》　好景《こうけい》開《ひら》く
雲雀《うんじゃく》高《たか》く鳴いて　飛燕《ひえん》急《いそ》ぎ
薫風《くんぷう》　快雨《かいう》　那辺《なへん》に来《き》たる

美術館前大輪之蓮　赴于鑑真和上展見鑑真木像。故及。

美術館前方大瓶
此蓮曾在梵王庭

○梵王＝仏法護持の神

豊妍堪賀鑑和上　○豊妍＝豊満な美しさ
十里芬芳猶久停　○芬芳＝かおり

十美術館前《びじゅつかんぜん》大輪《たいりん》の蓮
鑑真和上展《がんじんわじょうてん》に赴き鑑真の木像を見る。故に及ぶ。

美術館前《びじゅつかんぜん》　大瓶《たいへい》を方《なら》ぶ
此の蓮　曽つて梵王《ぼんおう》の庭に在り
豊妍《ほうけん》　賀《が》するに堪《た》へたり　鑑和上《がんわじょう》
十里《じゅうり》　芬芳《ふんぽう》　猶ほ久しく停《とど》まらん

盛夏菜園

小園草長玉瓜肥　○玉瓜＝ズッキーニ
菽豆摩天作翠闈　○闈＝（宮中の）小門
漸飫獲収炎熱苦　○飫＝あきる
赭顔帯得晩鐘帰　○赭顔＝あかい顔

盛夏菜園《せいかさいえん》

小園《しょうえん》　草長《くさちょう》じ玉瓜《ぎょくか》は肥えたり
菽豆《しゅくとう》　天《てん》を摩《ま》して翠闈《すいい》を作《な》す
漸《ようや》く飫《あ》く　獲収炎熱《かくしゅうえんねつ》の苦
赭顔《しゃがん》　晩鐘《ばんしょう》を帯び得て帰る

秋夜聴蟲

暑熱猶餘纔有風
窓辺透練聴鳴蟲
二更如唱四更雨
眠在正秋欹耳中

○練＝ねりぎぬ、正絹
○二更＝およそ十時ごろ　○四更＝およそ二時ごろ

秋夜　蟲《むし》を聴く

暑熱《しょねつ》　猶《な》ほ餘《あま》りて纔《わずか》に風有り
窓辺《そうへん》　練《れん》を透《とお》して鳴蟲《めいちゅう》を聴く

二更《にこう》 唱《うた》ふが如く 四更《しこう》 雨のごとし
眠りは 正秋《せいしゅう》 耳を欹《そばだ》つ中に在り

道之駅

沃野花開街道村
農人陳得玉蔬群
細微問尽択苗種
雖小吾家稼事存

○玉蔬＝ここでは、たんに大切な野菜

道の駅
沃野《よくや》 花は開く 街道の村
農人 陳《なら》べ得たり 玉蔬《ぎょくそ》の群《むれ》
細微《さいび》 問ひ尽くして苗種《びょうしゅ》を択《えら》ぶ
小《しょう》なりと雖ども 吾家《わがや》 稼事存《かじそん》す

稼事というのは、自分でも趣味で野菜を育てていることを云ったまでで、販売はしていない。戯れたまでである。

詣楠公回天祭而弔黒木少佐及同僚英霊

慕楠正気没南溟
飛弾故山依旧青
嘗釣渓流魚溌剌
今臨壁岸水清冷
愛人孝養知来歴
好学躬行見典型
静寂満堂聞講演
忝同遺族吊英霊

○慕楠は黒木少佐の号であるとともに、回天隊員の心底

○清冷＝清らかに澄んでいる、冷ではない

○少佐は非常な家族思いであり、家庭も温かい家庭であった

○短い人生ながら実践躬行の人であった

楠公回天祭に詣《もう》で、黒木少佐及び同僚英霊を弔ふ
慕楠《ぼなん》の正気《せいき》　南溟《なんめい》に没す
飛騨《ひだ》の故山《こざん》　旧《きゅう》に依って青し
嘗て渓流に釣すれば魚溌剌《うおはつらつ》
今　壁岸に臨めば水清冷《みずせいれい》
愛人　孝養　来歴を知り
好学　躬行　典型を見る
静寂　堂に満ち　講演を聞く
忝《かたじけ》なくも遺族と同《とも》に英霊を弔《とむら》ふ

岐阜県下呂市内の神社において毎年、回天特攻を発案された黒木少佐他、回天殉職者の慰霊と顕彰が行われている。この年は回天特攻思想の集大成かと思われる小川常人先生の素晴らしい講演があった。

航空機の特攻は、圧倒的な敵戦力に対して一矢を報いようと出てきたものであったが、この人間魚雷は精神的勝利を目指し、生還することを拒絶して楠正成、真木和泉守につづくという目的で黒木少佐が血書をもって嘆願したもので、昼は訓練に夜は学問に必死で励む生活だったそうだ。

特攻隊員だった方々とも会い、また遺族だという女性とも話が出来た。この女性は、気負うことなく、毎回この会に来るのを楽しみにしている様子であった。こころ温かく和やかな一日であった。

中秋不見月
太守清廉珠可還
隣光不逮壁当穿
無情何事雨雲動
遮莫鳴蟲無月筵

中秋《ちゅうしゅう》　月を見ず
太守《たいしゅ》　清廉なれば　珠　還《かえ》るべし
隣光　逮《およ》ばざれば　壁　当に穿《うが》つべし
無情　何事ぞ　雨雲《ううん》動く
遮莫《さもあらばあれ》　鳴蟲《めいちゅう》　無月《むげつ》の筵《えん》

この詩、「一先」の韻であるが起句の「還」は「十五刪」で通韻。先韻で読むと「めぐる」の意。合浦《がっぽ》の故事と蒙求《もうぎゅう》の「匡衡鑿壁《きょうこうさくへき》」の故事を用いた。

詩意　太守が清廉ならば合浦の美玉は戻ってくるだろうし、書物を読む灯りが無ければ壁に穴を開ければよい。けれども雨雲は無情であるからなんともできず中秋の名月を覆い隠したままだ。まあよい、虫の鳴き声だけで無月の宴を楽しもう。

自安倍峠望富士
千山木落勁風封
径急将氷霜気濃
駿甲絶巓過介石
青天神出玉芙蓉

○木落＝山が高いので木々は葉を落としている
○駿甲＝駿河と甲州、介石はその境界を示す石
○玉芙蓉＝雪景の富士山

安倍峠より富士を望む
千山　木《き》落ち　勁風《けいふう》封《ふう》ず
径《みち》急《きゅう》に　将《まさ》に氷らんとして　霜気《そうき》濃《こまやか》なり
駿甲《すんこう》の絶巓《ぜってん》　介石《かいせき》を過ぐ
青天《せいてん》　神出《しんしゅつ》す　玉芙蓉《ぎょくふよう》

詩意　静岡の街から安倍川に沿って北上すれば安倍峠に行き当たる。周りの山々はすっかり落木してつよく冷たい風が捲いている。辺りは厳冬の気配で、登坂の急坂も間も無く凍るだろう。峠にまで来、標識を過ぎると急に視界が開けた。爽やかな青空に大きな富士山が見えた。

南座吉例顔見世興行

臘月街頭忘世埃　○臘月＝十二月

熱腸人待玉楼開

就中驚得風流士　○就中＝とりわけ

更伴錦裳紅粉来

南座《みなみざ》吉例《きちれい》顔《かお》見《み》世《せ》興行《こうぎょう》

臘月《ろうげつ》　街頭《がいとう》　世埃《せいあい》を忘れ

熱腸《ねっちょう》の人は待つ　玉楼の開くを

就中《なかんずく》　驚き得たるは風流の士の

更に錦裳《きんしょう》紅粉《こうふん》を伴《ともな》ひ来たるに

南座は京都四条大橋のたもとにある。吉例顔見世興行は年末の風物詩で、いつも混雑している南座の前がさらにごった返す。和服を着た紳士の中にもお大尽であろう、芸妓連れもいる。

【己《き》丑《ちゅう》平成二十一年】

春日行郊

一路春風歩野坰
桜雲激水遠山青
人生逢得死生苦
地境始知総秀霊

○野坰＝郊外、漢字の意味は「郊」よりさらに遠い場所

春日行郊《しゅんじつこうこう》

一路《いちろ》春風《しゅんぷう》　野坰《やけい》を歩《ほ》す
桜雲《おううん》　激水《げきすい》　遠山《えんざん》の青《あお》
人生《じんせい》　死生《しせい》の苦《く》に逢ひ得て
地境《ちきょう》　始めて知る　総《すべ》て秀霊《しゅうれい》なるを

植檸檬

碧葉添新高尺餘
欲栽除礫又揮鋤
遥思希有南荒味
早晩馨香満我廬

○南荒＝はるか南、文明を異にする遠地
○早晩＝いつか

檸檬《れもん》を植う

碧葉《へきよう》　新《しん》を添へ　高さは尺餘《しゃくよ》
栽ゑんと欲して礫《こいし》を除き　又た鋤《すき》を揮《ふる》ふ
遥かに思ふ　希有《けう》　南荒《なんこう》の味《あじわ》ひ
早晩《そうばん》　馨香《けいこう》　我が廬《ろ》に満《み》たん

初夏偶吟

薫風撫頬雨餘天
新緑山中躑躅鮮

○薫風＝初夏の風　○雨餘天＝雨上がりのそら
○躑躅＝つつじ

不飲一壺甘美酒
陶然忘我若登仙

○登仙＝仙人になること

初夏偶吟《しょかぐうぎん》
薫風《くんぷう》　頬《ほほ》を撫《ぶ》す　雨餘《うよ》の天《てん》
新緑《しんりょく》の山中《さんちゅう》　躑躅《てきちょく》　鮮《あざや》かなり
一壺《いっこ》甘美《かんび》の酒を飲まざるも
陶然《とうぜん》　我を忘れて　登仙《とうせん》するが若《ごと》し

宿雨漸霽

蟬声満耳快晴天
翠樹光風払机辺
正是驕陽長夏始
欲留涼意向詩箋

○詩箋＝詩を書きとめる用箋

宿雨《しゅくう》漸《よう》く霽《は》る
蝉声《ぜんせい》　耳に満つ　快晴の天
翠樹光風《すいじゅこうふう》　机辺を払ふ
正に是れ驕陽《きょうよう》長夏《ちょうか》の始め
涼意《りょうい》を留《とど》めんと欲して詩箋《しせん》に向かふ

初秋

草木鬱蒼望自迷
誰知宋玉暗愁催
百蟲鼓翼幽池畔
万籟牽眠翠竹隈
連日炎蒸入夜苦
層楼戸牖近朝開
下山風払数房熱

○宋玉＝戦国時代、楚の大夫　初めて秋の悲しみを詠ったとされる

秋與暁天残月来

初秋《しょしゅう》

草木《そうもく》　鬱蒼《うっそう》として　望《ぼう》　自ら迷《まよ》ふ
誰か知らん　宋玉《そうぎょく》の暗愁《あんしゅう》を催《もよお》すを
百蟲《ひゃくちゅう》　翼《よく》を鼓《こ》す　幽池《ゆうち》の畔《ほとり》
万籟《ばんらい》　眠りを牽《ひ》く　翠竹《すいちく》の隈《くま》
連日《れんじつ》の炎蒸《えんじょう》　夜《よる》に入って苦しみ
層楼《そうろう》の戸牖《こゆう》　朝に近づき開く
山を下《くだ》る風は払ふ　数房《すうぼう》の熱
秋は暁天《ぎょうてん》の残月《ざんげつ》と来たる

秋郊

百日紅花覆半空　○百日紅＝さるすべり

双飛老蝶出深叢　○深叢＝ふかいくさむら

炎風断続有金気　○金気＝秋の気配
村邑山郷坦道通　○坦道＝たいらな道

秋郊《しゅうこう》

百日紅《ひゃくにちこう》の花は半空《はんくう》を覆ひ
双飛《そうひ》の老蝶《ろうちょう》　深叢《しんそう》を出《い》ず
炎風　断続して　金気有り
村邑《そんゆう》　山郷《さんきょう》　坦道通《たんどうつう》ず

金魚

淡紫盤盂大尺餘　○盤盂＝おおきな鉢
睡蓮浮処放金魚
朱身雖小尾華美
謝客幽庭泳自舒

金魚

淡紫《たんし》の盤盂《ばんう》　大《おお》いさ尺餘《せきよ》
睡蓮《すいれん》浮かぶ処　金魚を放つ
朱身《しゅしん》　小と雖も尾は華美《かび》
客を謝して幽庭　泳ぐこと　自《おのずか》ら舒《の》ぶ

福島関址

福関傑立勁鷹還
絶澗人憂碧一湾
蘇峡路温於往昔
背嚢踏破未紅山

○福島の関は中山道にある江戸時代の重要な関所
○絶澗＝深く切り立った谷川、あまりに高く恐ろしくなるのである
○蘇峡＝木曽は岐蘇とも書いた　木曽代官の山村蘇門は高名な詩人
○嚢＝リュックサック

福島の関址《あと》

福関《ふくかん》　傑立《けつりつ》して　勁鷹還《けいようかえ》る
絶澗《ぜっかん》　人は憂ふ　碧一湾《へきいちわん》

蘇峡《そきょう》の路は往昔《おうせき》よりも温かに
嚢《のう》を背《せ》に踏破す　未《いま》だ紅《くれない》ならざる山

平成十年から濱久雄先生に漢詩の添削を受け、先生の御尊父、濱青洲先生の詩集についても御伺いしていた。青洲詩集中の木曾旅行と同月同日に同じ道を辿ったところ、気温の低かった五十年前と景は異なり紅葉を見ることは無かった。

先生にこの詩を呈し「十月十一日。與濱青洲先生同月同日遊岐蘇。同題詠。又紅葉未作。故及」として送ったところ、先生から「泉下先考、莞爾饗之。三涯記」とご返事をいただいた。

代官山村氏は福島関の関守として尾張藩重臣でありながら半ば独立した威勢を誇っていた。そのひとり、山村蘇門は江戸中期から文化文政にかけての重要な漢詩人でもあり今田哲夫の「山村蘇門―近世地方文人の生涯」にその事績、漢詩は詳しい。

兼遠宅址　中原兼遠匿木曽義仲養育

廃耕白日好垂糸　○白日＝白昼

閑臥山村野草滋

尚武精神真有効
往時名族助孤児

兼遠《かねとう》の宅址《たくあと》　中原《なかはらの》兼遠《かねとお》、木曽義仲を匿《かく》まひ養育す
耕を廃し白日《はくじつ》　糸を垂《た》るるに好《よ》し
閑臥《かんが》の山村　野草滋《しげ》し
尚武の精神　真に効有り
往時の名族　孤児を助く

兼遠の旧宅は休耕田の中にあり、小さな道標があるだけであった。山村蘇門に兼遠宅址の詩があり、それによれば、当時すでに荒れ果てていたようだ。

泊東府屋旅館

○東府屋旅館＝中伊豆の温泉旅館

早晨浴得好霊泉
繍閣石庭迷且旋
倏竹粛然廊漸尽

○繍閣＝美しい建物
○廊＝廊下

花瓶華麗友猶眠
幽窓漠漠晩秋道
落木蕭蕭雨後天
濃緑蘚苔金葉布
行程有限興無辺

○金葉＝黄葉

東府屋《とうふや》旅館《りょかん》に泊す
早晨浴《そうしんよく》し得たり　好霊泉《こうれいせん》
繡閣《しゅうかく》　石庭《せきてい》　迷ひ且《か》つ旋《めぐ》る
脩竹粛然《しゅうちくしゅくぜん》　廊《ろう》　漸く尽き
花瓶華麗《かへいかれい》　友猶ほ眠る
幽窓漠漠《ゆうそうばくばく》たり　晩秋の道
落木蕭蕭《らくぼくしょうしょう》たり　雨後の天
濃緑《のうりょく》の蘚苔《せんたい》　金葉布《きんようし》く
行程　限り有るも　興《きょう》無辺

【庚寅《こういん》平成二十二年】

沛雨

三月将窮心肺烘
雨荒徹夜猛狂風
最憂襏襫凭欄角
不恤桜花恤土工

○三月＝年度末
○襏襫＝あまがっぱ　○欄角＝生コンの打設足場の意に用いた
○土工＝土木工事

沛雨《はいう》

三月　将《まさ》に窮《きわ》まらんとして心肺烘《しんぱいや》かる
雨荒《すさ》び　夜を徹して狂風猛《たけ》る
最も憂ふ　襏襫《はっせき》もて欄角《らんかく》に凭《よ》るを
桜花《おうか》を恤《うれ》へず　土工《どこう》を恤《うれ》ふ

三月の年度末で土木工事の工期が迫っているため、連日土砂降りの中仕事が続いた。現場では狭い作業足場の上でずぶ濡れになって生コンと格闘していたが（生コンに雨水が入ることは厳禁である）、世間では桜の散るのを心配しているのである。

経二十七年而上弥彦山　○弥彦山＝新潟県の山　弥彦神社が有名

遊漁泳得任浮沈
漂泊花村縦走岑
登頂雙鞋摩滅去
此峰復見水雲心

二十七年を経て弥彦山《やひこやま》に上る
遊漁《ゆうぎょ》　泳ぎ得て　浮沈《ふちん》に任す
漂泊の花村《かそん》　縦走《じゅうそう》の岑《みね》
登頂の雙鞋《そうあい》　摩滅し去るも
此の峰　復《ま》た見ん　水雲の心

妻得病幸退医院。此際吾欲掃除而及瓶花。
花已摧残。正是花吸悪気癒妻歟。

白昼過街帰我家
笑携厚貺旧交多　○厚貺＝お見舞いの品々
窓前忽見瓶花萎
妖気去妻逃網羅
巌牆之下雖知命　○巌牆＝高い石垣　危険な状況を云う
累卵人生果如何　○累卵＝重ねた卵のように危険な状況である事

妻、病を得て幸ひに医院を退す。此の際、吾れ掃除せんと欲して瓶花に及ぶ。
花、已に摧残す。正に是れ花の悪気を吸い、妻を癒すか。

白昼　街を過ぎ我が家に帰る
笑って厚貺《こうきょう》を携ふ　旧交多し
窓前　忽ち見る瓶花《へいか》の萎《しぼ》むを

妖気《ようき》　妻を去って網羅《もうら》を逃《のが》る
巌牆《がんしょう》の下《もと》　命《めい》を知ると雖も
累卵《るいらん》の人生　果《はた》して如何《いかん》

孟子に「知命之者、不立巌牆之下」とある。

遊園田之居

炎風八月緑林深
好景仍無穠纎尋
忽見少年挑網走
私希君不失童心

園田の居に遊ぶ

炎風八月　緑林深し
好景　仍《すなわ》ち穠纎の尋ぬる無し

忽ち見る　少年　網を挑《かか》げて走るを
私《ひそか》に希《ねが》ふ　君が童心を失はざらんことを

褦襶《だいたい》は絹張りの竹笠、夏の衣裳である。程暁の「嘲熱客」詩に、人の迷惑を弁えず、大した用もないのに訪ねてくる気の利かない男として咎《とが》められている。

大連　驚超高層建築数数百。聞説人口超五百万。
高楼林立聳秋天
港外方浮百丈船
恰好新豊竣工後
被招興漢大風筵

○百丈＝一丈は三・〇三メートル、或いは二・二五メートル
○興漢＝（新しく興《おこ》る）漢　○筵＝宴と同じ（但し平仄は異なる）

大連《だいれん》　超高層建築の数百を数うるに驚く。聞くならく、人口は五百万を超ゆと。
高楼林立《こうろうりんりつ》して　秋天《しゅうてん》に聳《そび》ゆ
港外《こうがい》　方《なら》び浮かぶ百丈の船

恰《あたか》も好し　新豊《しんぽう》　竣工の後《のち》
招《まね》かれたり　興漢《こうかん》　大風《たいふう》の筵《えん》に

宿敵項羽を倒し、全土を統一した漢の高祖は都に故郷「豊」にそっくりな町「新豊」を建設した。そこには「豊」の人間ばかりでなく鶏犬まで連れて来て住まわせた。また親戚友人たちを招待した大宴会では、自作の詩「大風歌」を高祖自ら歌い、勝利の喜び、得意の情を披露した。
日露戦争の戦跡を尋ねて満州に向かう。最初に着いた大連では、港に巨船が集まり、街には数百の超高層ビルが立ち並んでいる。興漢の時のように人々には得意の表情があった。

南山懐古　南山者金州城畔之低山也。曾南山戦蹟碑在山頂。乃木将軍金州城下作之詩碑在其下百歩之地。同被撤於文革時。今唯両碑之臺残焉。乃木将軍経勝典戦死十日登山頂有作詩。断碑今存旅順監獄。

底事人群不少前
撤碑文革曠山巓
怒濤攻上金州阨

○阨＝南山は幅六キロメートル程の地峡に在る、金州はその直下

慷慨何如自虐賢

南山懐古《なんざんかいこ》　南山は金州城畔の低山なり。曾って南山戦蹟碑、山頂に在り。乃木将軍金州城下作の詩碑、其の下百歩の地に在り。同《とも》に文革の時に撤せらる。今、唯だ両碑の台が残るのみ。乃木将軍、勝典戦死十日を経て山頂に登りて作詩有り。断碑は今、旅順監獄に存す。

底事《なにごと》ぞ　人群《ひとむら》がって少しも前《すす》まず
碑を撤する文革《ぶんかく》　山巓曠《さんてんむな》し
怒濤　攻め上《のぼ》る　金州の阨《やく》
慷慨《こうがい》　何ぞ如《し》かん　自虐《じぎゃく》の賢《さかしら》なるに

乃木将軍の長男、乃木勝典は金州の激戦で戦死している。その十日後、将軍はこの南山に登って金州城下作を作った。またこの半年後、弟の保典も二百三高地で戦死、その場所には乃木保典君戦死之所と彫られた石柱が立っていた。

東鶏冠山堡塁　與元自衛官（戦史教官）見学

敵壘曲壕為陥穽

○陥穽＝落とし穴　○壕＝ほり

健児数百正籠禽
面前近欲接虜倚
側射飛将穿壁深
行客代兵聞吶喊
武夫省己嘆丹心
時移設道供遊覧
回顧当年涙不禁

○健児＝血気盛んな若者、ここでは兵士　○籠禽＝かごのとり
○虜＝敵兵
○吶喊＝突撃の叫び声
○丹心＝赤誠、素直な心、まごころ

東鶏冠山堡塁《ひがしけいかんざんほうるい》　元自衛官（戦史教官）と見学す

敵塁《てきるい》　壕《ごう》を曲げて陥穽《かんせい》と為す
健児《けんじ》数百　正《まさ》に籠禽《ろうきん》
面前　近づきて虜《りょ》に接して倚《よ》らんと欲すれば
側射　飛んで将《まさ》に壁を穿《うが》ちて深からんとす
行客《こうかく》　兵に代りて吶喊《とっかん》を聞き

武夫《ぶふ》　己《おのれ》を省みて丹心を嘆ず
時移り　道を設《もう》けて遊覧に供す
当年を回顧すれば　涙に禁《た》へず

二百三高地を見学、日本軍健児が突撃して落ち込んだ壕を見学した。壁には、斜めに抉られた深い弾痕が遺されていた。この小さな広場の向こうにはロシア軍の坑道があり、機関銃が日本兵が飛び降りてくるのを待ち構えていたのだ。

帰途機上作

遠遊禹域壮心蘇
翻覆輸贏何用書
雲海白輝秋冷気
英雄事蹟思居諸

○禹は古代王朝「夏」の始祖、禹域は漢人の住むところ
○輸贏＝かちまけ
○居諸＝日と月、光陰

帰途　機上の作
遠く禹域《ういき》に遊んで　壮心蘇《よみがへ》る
翻覆《ほんぷく》の輸贏《しゅえい》　何ぞ書するを用《もち》ゐん
雲海　白く輝き秋冷《しゅうれい》の気あり
英雄の事蹟《じせき》　居諸《きょしょ》を思ふ

戦跡を訪問して、多々感じることがある。戦争の悲惨なることは勿論、当時の世界情勢、如何にして戦争が始まったのか、戦略、戦術、戦闘、個人。

例えば、乃木将軍を愚将と呼ぶ者が今でもいる。

それは、国民作家になり、その史観が広く受け入られるようになった司馬遼太郎が、不幸にも多くの雑書の中で「日露機密戦史」を旅順攻略戦の拠り所としたことによるものであろう。

近年漸く、偏見なく「戦争」を直視できるようになって、乃木第三軍の作戦行動の妥当性が説明されるようになってきた。また旅順攻略戦に於ける日本軍の戦傷者数は約七万であったが、同様の塹壕戦ベルダン攻防戦ではフランス軍三十八万人、ドイツ軍三十四万人の損害を出し、ドイツはベルダン攻略に失敗している。

司馬氏も生前、何人かの抗議を受けそのあやまりを知っていたと思われる。ＮＨＫの大河ドラマで、既に自分の四作品が放送されていたにも拘らず、この乃木将軍を中傷した「坂の上の雲」だけはＮＨＫの再三のドラマ化要請に対し固辞しつづけていたという。

再宿東府屋
歓夜楽而無酒失
清朝兀坐対林疎
紅黄相雑隠華屋
骨立芽生滑猾狙
幽谷湧泉倶客旅
半渓鳴鳥共安居
厳冬風雪将明哲
素位欲来三月初

○無酒失＝酒席での失敗もなく
○兀坐＝ただ座り続けること
○紅黄＝紅色と黄色、葉の色を云う　○華屋＝旅館の豪壮な建物
○猾狙＝狡猾な猿
○明哲保身は詩経中の語、中庸にも引く
○素位＝中庸の語、自分の置かれた立ち位置に沿って（行動する）

再び東府屋に宿る

歓夜　楽しみて酒の失《しつ》無く
清朝《せいちょう》　兀坐《ごつざ》して林《はやし》の疎なるに対す
紅黄《こうこう》　相ひ雑《まじ》はりて華屋《かおく》を隠し
骨立《こつりつ》　芽《め》生ずるは猾狙《かっそ》を滑らす
幽谷《ゆうこく》の湧泉《ゆうせん》　客旅《かくりょ》を倶《とも》にし
半渓《はんけい》の鳴鳥《めいちょう》　安居《あんきょ》を共にす
厳冬の風雪　明哲を将《もっ》て
位《くらい》に素《そ》して来たらんと欲《ほっ》す　三月の初め

【辛卯《しんぼう》平成二十三年】

暮春

紅飛紫散路黄埃
又見江村繁草萊
風起春容有餘力
桜花片片満川開

○草萊＝雑草、または荒れ果てた草むら

暮春

紅《くれない》は飛び紫は散じて　路《みち》　黄埃《こうあい》
又見る　江村《こうそん》　草萊《そうらい》繁るを
風起って春容《しゅんよう》　餘力《よりょく》有り
桜花　片片　満川《まんせん》に開く

早朝越山赴業

雲雀高飛鳥語柔
出叢雉子叫難休
近村翁媼屢来往
味得朝嵐越一邱

○雉子＝きじ
○翁媼＝老人老婆
○嵐＝山の気

早朝　山を越えて業に赴く
雲雀《うんじゃく》　高飛《こうひ》して鳥語《ちょうご》柔《やわら》かに
叢《くさむら》を出《い》ずる雉子《ちし》　叫んで休《や》み難《がた》し
近村《きんそん》の翁媼《おうおう》　屢《しばしば》　来往《らいおう》
朝嵐《ちょうらん》を味《あじ》はひ得て一邱《いっきゅう》を越ゆ

会社から四キロほど離れたマンションに住んでいたのだが、健康のため歩いて通勤することにした。仕事は六時半ごろから始めるために、五時半に自宅を出る。すると普段は見ない雉に出くわしたりする。そんな早起きをしても途中の港を見下ろす公園には、元気な先輩たちが大勢朝の体操のために集まっていた。

遊山

一越林丘遥世塵
鳥啼風爽碧蘿新
往年高士来歓詠
山水良媒逢幾人

山に遊ぶ

一《ひと》たび林丘《りんきゅう》を越ゆれば　世塵《せいじん》遥かに
鳥啼き　風爽《かぜさわやか》に　碧蘿《へきら》新《あらた》なり
往年の高士　来たって歓詠す
山水は良媒《りょうばい》　幾人にか逢はん

○媒＝なかだち、自然が高士を引き合わせてくれるのである

代病床寄先生

千里欲尋心志雄
偶愆黄鶴不乗風

日堪点滴雌黄勉　○雌黄＝添削の意、黄色い紙に黄色の顔料（雌黄）を塗抹した
万巻経書在腹中

病床に代わりて先生に寄す
千里　尋ねんと欲して　心志《しんし》雄《ゆう》なり
偶《たまた》ま黄鶴に愆《あやま》り　風に乗ぜず
日び点滴に堪へて　雌黄《しこう》に勉《つと》む
万巻の経書《きょうしょ》は腹中に在り

遊上高地

烟巒静裏雨蕭蕭　○巒＝やま
滾滾奔流渡板橋
枯木見焼立砂礫　○見焼＝大正時代の噴火による
人声不至総岧嶢　○岧嶢＝たかいやま

上高地に遊ぶ

烟巒静裏《えんらんせいり》　雨蕭蕭《あめしょうしょう》
滾滾《こんこん》たる奔流《ほんりゅう》に板橋《はんきょう》を渡る
枯木《こぼく》　焼かれて砂礫に立つ
人声《じんせい》　至らず　総て岧嶢《ちょうぎょう》

いつも人出の多い上高地も悪天候で人出が減るだろうと行ってみた。大正池手前の遊歩道を合羽を着ながら歩いてみたが、先にも同じように歩く遊山《ゆさん》の人たちがいた。人気《ひとけ》のない川原に出てみると数本の朽ちかけた焼木が立っている。大正年間の焼岳の噴火で焼かれた木だという。

下呂温泉　入下呂発温泉博物館

京阪騒人自尾州
越中富戸下清流
源泉塔並嘉魚瀬
遍給高層百浴楼

○騒人＝詩人　○尾州＝尾張、名古屋
○越中＝富山県　○富戸＝金持ち
○嘉魚＝清流に棲む魚、イワナ

下呂温泉　下呂発温泉博物館《げろはつおんせんはくぶつかん》に入る

京阪《けいはん》の騒人《そうじん》は尾州《びしゅう》よりし
越中の富戸《ふこ》は清流を下る
源泉の塔は並ぶ　嘉魚《かぎょ》の瀬《らい》
遍《あまね》く給す　高層　百の浴楼《よくろう》

下呂発温泉博物館は市中の奥まったところにある目立たない施設だ。下呂温泉の歴史が良く分かるようになっている。飛騨川の川原に源泉の塔がならぶ絵があった。

三保松原羽衣之松　観薪能経政

松間嘗照錦衣浜
篝火猶燃宿世因
涼月片雲清露夜
亡魂却想少年春

○篝火＝かがりび

三保の松原、羽衣《はごろも》の松　薪能《たきぎのう》　経政《つねまさ》を観る

松間　嘗て　錦衣を照らす浜《ひん》
篝火《こうか》　猶ほ燃ゆ　宿世《しゅくせ》の因《いん》
涼月《りょうげつ》　片雲《へんうん》　清露《せいろ》の夜《よ》
亡魂《ぼうこん》　却って想ふ　少年の春

平家の貴公子、平経政（たいらのつねまさ）が亡霊の身で最後に歌うのが「燈火を背けては　燈火を背けては　共にあはれむ深夜の月をも」である。この歌は白楽天の詩句「背燭共憐深夜月。踏花同惜少年春。（燭を背けては共に憐れむ深夜の月。花を踏んでは同じく惜しむ少年の春。）」に基づいている。

モデルの平経正は清盛の甥にあたり、寿永三年（一一八四年）、一ノ谷の戦いで戦死した。琵琶の名手として知られ、今その琵琶塚が兵庫駅海寄りに、清盛像とならんで立っている。

災後過三保

初見太虚堤上開　○太虚＝零、つまりは万物創造の源の意があるがここでは「あな」
松林疎処業風摧　○松林＝防風林

誰知環海晴波穏
何日暗雲敲鼓来

災後《さいご》、三保を過ぐ
初めて見る　太虚の堤上に開くを
松林《しょうりん》　疎《まばら》なる処　業風《ごうふう》摧《くだ》く
誰か知らん　環海《かんかい》　晴波《せいは》穏《おだや》かなるに
何れの日か　暗雲　鼓《こ》を敲《たた》いて来《き》たるを

夜業単身在海壖有感

故里累年嘗負仁
孤生酸辣老風塵
今宵頼為有連理
堪見月湾将湧銀

○海壖＝海岸、水に濡れた海岸

夜業単身《やぎょうたんしん》　海壖《かいぜん》に在りて感有り
故里《こり》　年《とし》を累《かさ》ねて　嘗《かつ》て仁《じん》に負《そむ》く
孤生《こせい》　酸辣《さんらつ》　風塵に老ゆ
今宵《こんしょう》　頼《さいわい》に　連理《れんり》有るが為《ため》に
見るに堪へたり　月湾《げつわん》　将に銀《ぎん》を湧かさんとするを

海岸の工事に当たっては潮の満ち引きを利用する。特に冬の夜は潮が大きく引く。そして満月の時に大潮となる。その間に水没する部分の工事をするのである。勿論作業員ひとりで海岸で仕事をするのは禁止されているが、ひとりでできる仕事なら自分がやってしまえば良い。この夜はその為、存分に光り輝く月夜の海を見ることができた。

【壬辰《じんしん》平成二十四年】

山郊

山郊生活與誰親
古社林寒寂寂春
晨去暮来飛鳥習
一声使駭夜帰人

○古社＝古い神社、やしろ
○習＝習性

山郊

山郊《さんこう》の生活　誰《たれ》と親《したし》まん
古社《こしゃ》の林《はやし》は寒し　寂寂《せきせき》たる春
晨去暮来《しんきょぼらい》は飛鳥《ひちょう》の習《なら》ひ
一声《いっせい》　駭《おどろ》かしむ　夜帰《やき》の人

「晨去暮来」の語は漢書・朱博伝に引く。寓意はない。

航於西比利亜北極海上空
一白極端天遠低
幾千畳嶂又氷渓
誰看霊物與流水
不用田園悠久犂

○嶂＝たかいやま

西比利亜《しべりあ》北極海上空を航《わた》る
一白《いっぱく》の極端《きょくたん》　天《てん》遠く低《た》る
幾千の畳嶂《じょうしょう》又氷渓
誰《たれ》か看《み》ん　霊物《れいぶつ》と流水とを
用ゐず　田園　悠久の犂《すき》

ヨーロッパ旅行に際し、シベリア上空を通過した時の作詩。極寒の全く生物の存在を感じさせない高山が果てしなく続く。水などないのに皺状の無数の谷が、自然の犂で刻まれている。

廃業

帰隠園田心若雲
挿秧事了復敲文
地肥蔵裏鶴糧足
生似無花花十分

○挿秧＝田植え　○敲＝推敲
○鶴糧＝隠居の資

業《ぎょう》を廃す
園田に帰隠《きいん》して　心は雲の若《ごと》し
挿秧《そうおう》の事了《ことおわ》りて　復《ま》た　文《ぶん》を敲《たた》く
地《ち》肥《こ》えて　蔵裏《ぞうり》　鶴糧《かくりょう》足《た》る
生《せい》は花《はな》無《な》きに似て　花十分《はなじゅうぶん》

建設業は先行きが見通せず営業を廃することにした。田舎に田んぼを四反借り（現在は六反）、中古の農業機械を購入、自給自足の生活を始めた。

夏昼偶作

天来風入黒甜郷

蝉噪蛙鳴眠不妨

炎熱心頭頻滅却

碧雲浮処夢羲皇

○黒甜郷＝ひるね

○羲皇＝古代の聖王、その時代　陶淵明の詩に倣《なら》うて云う

夏昼偶作《かちゅうぐうさく》

天来《てんらい》の風は入る　黒甜郷《こくてんきょう》

蝉噪《ぜんそう》蛙鳴《あめい》　眠り妨げず

炎熱の心頭　頻りに滅却

碧雲浮かぶ処　羲皇《ぎこう》を夢む

荊妻歯磨而折医曰嚼齧過於他
編貝磨消独黯然
総由努力渡多年
羞吾功業無労苦
夜夜太平開口眠

○編貝＝ならんだ歯

荊妻《けいさい》の歯、磨して折る　医曰く、嚼齧《しゃくげつ》　他《ひと》に過ぐと
編貝《へんばい》　磨消《ましょう》して独り黯然《あんぜん》たり
総て努力の多年に渡るに由る
羞《は》づらくは吾《わ》が功業　労苦無く
夜夜太平《ややたいへい》　口を開いて眠る

医者によれば、歯をくいしばる人は歯が擦り減ってしまうのだそうだ。それに比して小子は歯をくいしばったことはあっただろうか。

樺太旅行　自上空眺薩哈嗹北海道礼文利尻
心志本来無所囚
旅魂計就暗溟投
薩連雲外紅輪没　○紅輪＝夕陽
北海道天銀一鉤　○銀一鉤＝三日月

樺太《からふと》旅行　上空より薩《さ》哈《は》嗹《りん》北海道《ほっかいどう》礼《れ》文《ぶん》利《り》尻《しり》を眺む
心《しん》志《し》本来《ほんらい》　囚《とら》は所《る》る無く
旅魂　計就《な》って　暗溟《あんめい》に投《とう》ず
薩《さ》連《れん》雲《うん》外《がい》　紅輪《こうりん》没し
北海道天　銀一鉤《ぎんいっこう》

樺太の戦跡を尋ねた。
航空機が北海道から樺太の東の海に抜けると、夕陽と三日月が同時に見えた。

北緯五十度線　乙酉八月十一日蘇聯戦車旅団之攻撃始於茲地

銘得俄兵突撃姿

○俄＝俄国、俄魯西はロシア

茫茫往事草離離

○離離＝盛んに生えるさま

東西獣道秋天下

将奈砲声動地時

北緯五十度線　乙酉《いつゆう》八月十一日、蘇聯《それん》戦車旅団の攻撃、茲地《このち》に始まる

銘し得たり　俄兵《がへい》　突撃の姿

茫茫たる往事　草離離《くさりり》たり

東西　獣道　秋天の下《もと》

将《は》た奈《いか》んせん　砲声　地を動かすの時

昭和二十年、日本の降伏が間近に迫った為、ソ連は日ソ不可侵条約を破り、国境である北緯五十度線を突破した。当時の国境は現在森が切り開かれ小道となっている。その入り口には、ロシアの勝利を示す銘板が花輪とともに飾られていた。歩いてみると菊紋の日本の国境を示す石標が点在している。

ソ連は何としてでも北海道まで進出し、日本の一部を分割統治したかったが、現地日本軍が独断で抗戦し、なんとか北海道への侵攻を避けることができたのである。

樺太鉄道　乗寝台車。女車掌厳酷而有威枕上不許点燈火。

火車揺夢走封疆　○火車＝汽車　○封疆＝国境地帯

軋軋響音時叩牀

女傑車掌蔑邦客　○邦客＝日本人旅行者

不容漆黒点燈光

樺太鉄道　寝台車に乗ず　女車掌、厳酷にして威有り。枕上、燈火を点ずるを許さず

火車《かしゃ》　夢を揺《ゆる》がして封疆《ほうきょう》を走る

軋軋《あつあつ》たる響音　時に牀《しょう》を叩く

女傑の車掌　邦客《ほうかく》を蔑《さげす》み

容《ゆる》さず　漆黒に燈光を点ずるを

ユジノサハリンスクから北緯五十度までの往復に樺太鉄道（サハリン鉄道）を利用した。行きも帰りも女性の車掌であったが両方に邪魔だと怒鳴られた。行きの車掌は若い女性で、ベッドの読書灯が点いたのだが、帰りは電灯が点かず窓のカーテンを開けても漆黒の闇であった。通路に出てみると、消えているのは日本人の二部屋《ふたへや》で、ロシア人の房では灯りが点いている。けれども車掌の剣幕を思うと点《つ》けてくれとはとても言えなかった。

房は四人部屋で時々ドカンと床を叩く音が響く。線路に段差があるのだろう。スピードは出ていないようであった。明け方、宮沢賢治が訪ねた白鳥湖が見えるとのことで待ち構えていたが、続く葦原の中で、どこが白鳥湖なのかよくわからなかった。

汽車の朝のトイレは水浸しで使えず、喫茶店のコーヒーはインスタント。道路は穴ぼこだらけでトレーラーがひっくり返っているほどの悪路であったが、それでも辺境の荒々しさは気持ちが良かった、良い旅であった。

歴山斯科

荒涼海景似神描

渺渺無声対碧霄

聞道穿巖徒解鈦
断崖遠望故郷遥

歴山斯科《あれきさんどろふすく》
荒涼たる海景《かいけい》　神の描くに似たり
渺渺《びょうびょう》として声無く　碧霄《へきしょう》に対す
聞道《きくなら》く　巖《いわ》を穿《うが》つの徒《と》は鈦《てい》を解《と》くと
断崖《だんがい》　遠く望めば　故郷遥かなり

○徒＝囚人　○鈦＝足枷（あしかせ）

アレキサンドロフスクは一九世紀、流刑地として作られた港町である。囚徒の宿舎には錠はなく、労働時間は手枷、足枷をはずしていた。逃れる術《すべ》がないからである。模範囚は家を建て、結婚もできたようである。流刑とは結局シベリア開発の労働力の確保であった。

荒々しい岬の先端には道路とトンネルが見えた、それも囚人たちが手で掘ったのだそうだ。付近を探索中、たまたまチェーホフの記念館を見つけた。多くの短編小説と戯曲で日本でも有名なアントンチェーホフが樺太に来ていたとは驚きであった。一八九〇年のことで当時の住居をそのまま記念館にしているらしい。家のつくりは囚人のそれと大差はなかった。

至日

歳月匆匆復一陽
無由人境楽風光
酒筵詩債迎春果
堪笑当今隠士忙

○至日＝冬至
○復一陽＝一陽来復は冬至のこと、復た日が長くなること

至日《しじつ》
歳月匆匆《そうそう》　復《ま》た一陽
由《よ》し無し　人境《じんきょう》　風光を楽しむに
酒筵《しゅえん》　詩債《しさい》　春を迎えて果《はた》さん
笑ふに堪へたり　当今《とうこん》　隠士《いんし》も忙《いそが》はしきを

詩意　一年が瞬く間に過ぎてもう冬至になってしまった。のんびり景色を楽しむでもなく齷齪とするばかりであった。まだまだ大晦日まで忘年会が続きノルマの作詩と推敲がある。すっかり世間から隠れたつもりが、中途半端な今どきの隠者でお恥ずかしい。

【癸巳《きし》平成二十五年】

病脚疾二月。適得善医（整体師）。一日而激痛去。喜而作一詩。

病覓華陀数往来
跛行輾轉正虺隤
妖雲吹掃晴如是
将付当年一具咍

○華陀＝漢代末、三国志時代の名医の名、転じて名医を云う
○跛行輾轉＝びっこに苦しみ転がる　○虺隤＝疲れ切り動けない
○一具＝平仄のため一場の語を一具に改めた

脚疾《きゃくしつ》を病むこと二月。適々《たまた》善医（整体師）を得《う》。一日にして激痛去る。喜びて一詩を作る。

病みて華陀《かだ》を覓《もと》めて数々《しばしば》往来す
跛行《はこう》　輾轉《てんてん》　正《まさ》に虺隤《たいかい》
妖雲《ようウん》　吹き掃はれ　晴れて是《か》くの如くんば
将《まさ》に当年　一具《いちぐ》の咍《わら》ひに付さんとす

値春暖

処処花開宿雨晴
春光入戸照鋤傾
風刀凌得冴三月
今日鳥啼如旧盟

○宿雨＝一晩中降り続く雨
○風刀＝身を切るような風

春暖《しゅんだん》に値《あ》ふ

処処　花開いて　宿雨《しゅくう》　晴る
春光《しゅんこう》　戸《と》に入り　鋤《すき》を照らして傾く
風刀《ふうとう》　凌《しの》ぎ得て　三月《さんがつ》を冴《むか》へ
今日の鳥啼《ちょうてい》　旧盟《きゅうめい》の如し

詩意　降り続いた雨が漸く上がった。差し込んだ春の日差しが、これから使うであろう鋤を照らしている。寒く厳しい冬が過ぎ去って、まるで以前から約束を取り交わしてあったように鳥の鳴き声が聞こえてきた。

詠松

喜仰亭亭雲外松
如虬蟠地翠枝濃
曾経白鶴飛鳴止
風格何由秦代封

○亭亭＝高く聳え立つさま
○虬＝竜の一種、松の形容に多用される
○曾経＝二字で「かつて」
○松は始皇帝により五大夫に封ぜられた

松を詠ず

喜び仰ぐ　亭亭《ていてい》たる雲外《うんがい》の松
虬《みずち》の如く　地に蟠《わだかま》り　翠枝《すいし》　濃《こまやか》なり
曾経《かつて》　白鶴《はっかく》　飛鳴《ひめい》して止《とど》まる
風格　何んぞ由らん　秦代《しんだい》の封《ほう》

暁庭

紫花発径桟棚紅
濃緑壺天造化工

○壺天＝別世界

密密薔薇枝葉燦
宝珠連露不求風

○燦＝かがやくさま

暁庭《ぎょうてい》
紫花《しか》 径《こみち》に発《ひら》き 桟棚《さんぽう》 紅《くれない》なり
濃緑《のうりょく》の壺天《こてん》 造化《ぞうか》 工《たくみ》なり
密密《みつみつ》たる薔薇《しょうび》 枝葉《しよう》 燦《さん》たり
宝珠《ほうしゅ》 露《つゆ》を連《つら》ねて 風を求めず

客中思田

県境越来新麦翻
家郷頻想水田温
遠遊却促帰心急
望得挿秧俄頃存

○帰心＝帰ろうとする気持ち

○挿秧＝田植え 俄頃＝まもなく、短い間

客中《かくちゅう》　田を思う

県境《けんきょう》　越え来たれば新麦翻《ひるが》へる
家郷　頻りに想ふ　水田の温《あたた》まるを
遠遊　却って帰心を促《うなが》すこと急なり
望み得たり　挿秧《そうおう》は俄頃《がけい》に存すると

愛知県に入ると一面麦畑が広がっていた。地域が異なれば植え付けの方針も異なるものだ。収穫も間もないのであろう。穂も羨ましいほど、たわわに実っていた。

五月梅雨

終日雲蒸霑湿纏
新苗異種植階前
沛然豪雨襲来夜
勿笑薔薇花底眠

○異種＝珍しいたね

五月梅雨

終日《しゅうじつ》雲蒸《うんじょう》 霑湿《てんしつ》纏《まと》ひ
新苗《しんびょう》 異種《いしゅ》 階前《かいぜん》に植《う》う
沛然《はいぜん》たる豪雨 襲来の夜
笑ふ勿れ 薔薇《しょうび》花底《かてい》に眠る

詩意 わざわざ酷い暑さの中、一所懸命に色々な苗や種を植庭に植えた。夜になって豪雨となり暑さも何もかも洗い流してしまう。それにしても満庭の薔薇の中、疲れて眠りこける私は世間に無用の一閑人だなあ。

遊於諸友之馬場

厩舎燕巣雛口和
原頭時雨碧蹄過
談都騎馬馳駆法
却思語中真実多

諸友の馬場に遊ぶ

厩舎《きゅうしゃ》の燕巣《えんそう》　雛口《すうこう》　和《わ》し
原頭《げんとう》の時雨《じう》　碧蹄《へきてい》　過《す》ぐ
談《だん》は都《すべ》て　騎馬馳駆《きばちく》の法
却って思ふ　語中《ごちゅう》　真実の多きを

友人が藤枝の山郊に馬小屋を建てて移り住んだので遊びに出かけた。何人かの馬好きも集まっていて種々の話が聞けた。

西瓜

嬌陽爍石現奇男
満草瓜園炎暑酣
摘果纔残十中一
大医飢渇赤心甘

○美味い西瓜を作るため実を残すのは十にひとつとした

西瓜《すいか》

嬌陽《きょうよう》　石を爍《とか》すに　奇男《きだん》　現《あら》はる
満草の瓜園　炎暑《えんしょ》酣《たけな》はなり
摘果《てきか》　纔《わず》かに残す　十中《じゅっちゅう》の一
大いに飢渇《きかつ》を医《い》やして赤心《せきしん》甘《あま》し

刈草偶成

満目田村尽熱風
吹揚枯草燎長空
万波粳稲小禾穎
収穫夢存辛苦中

○粳稲＝いね　○禾穎＝のぎ

草を刈る　偶成

満目《まんもく》の田村《でんそん》　尽《ことごと》く熱風
吹いて枯草《こそう》を揚げ　長空《ちょうくう》を燎《や》く

万波《ばんぱ》の粳稲《こうとう》　小禾穎《しょうかえい》
収穫の夢は存《そん》す　辛苦の中

月余病頚椎症　初題病中吟
韻事長嫌字用愁
病神忽地不回頭
欲偸仙薬難看月
閑却越年華髪稠

○韻事＝作詩のこと
○神＝ここでは神経　○忽地＝二字で「たちまち」
○仙薬＝羿《げい》の妻、嫦娥は不老長寿の仙薬を偸み月宮に上った
○閑却＝ほっておこう　○華髪＝しらがまじり

月余《げつよ》、頚椎症《けいついしょう》を病む　初めて病中吟《びょうちゅうぎん》を題す。
韻事《いんじ》　長く嫌《いと》ふ　字に愁《しゅう》を用ふるを
神《しん》を病《や》み　忽地《たちまち》　頭《こうべ》を回《めぐ》らさず
仙薬を偸《ぬす》まんと欲して　月を看ること難《かた》し
閑却す　越年　華髪《かはつ》の稠《しげ》きを

【甲午《こうご》平成二十六年】

感懐

一朝雨霽万花開
数日強風散死灰
屋上蒼天如海広
却思浮世不由才

○死灰＝冷たく、生気のないたとえ

感懐

一朝《いっちょう》　雨霽《は》れて　万花《ばんか》開く
数日の強風　死灰を散ず
屋上の蒼天　海の如く広し
却って思ふ　浮世《ふせい》　才に由らざるを

春遊詠海

蒼天海色隔山巌
洋上遥看遊弋帆
薄暮舟人呼不返
長風翻浪湿征衫

○征衫＝旅のころも

春遊、海を詠ず

蒼天《そうてん》　海色《かいしょく》　山巌《さんがん》を隔つ
洋上　遥かに看る　遊弋《ゆうよく》の帆《はん》
薄暮《はくぼ》　舟人《しゅうじん》　呼べども返らず
長風　浪を翻《ひるがえ》して　征衫《せいさん》を湿《うる》ほす

駆馬

鞍上追雲身若飛
落花澗木又薔薇

清流声裏足停馬
新葉陰濃将染衣

馬を駆る

鞍上　雲を追ひ　身は飛ぶが若《ごと》し
落花　潤木《かんぼく》　又た薔薇《しょうび》
清流　声裏　馬を停《とど》むるに足る
新葉の陰《かげ》　濃《こまやか》にして　将に衣《ころも》を染めんとす

友人が二頭の馬を飼って居り、時々乗せて貰う様になった。常に外乗《がいじょう》なので近所の子供たちも馬の名を呼んで手を振ってくれる。車が少ないので駈歩《かけあし》で道路を走ることができた。

入山

躑躅争妍迎遠客
杜鵑吐血過山郷

○躑躅＝つつじ　○妍＝うつくしさ
○杜鵑＝ほととぎす　○血を吐くように「不如帰」と啼くと云われる

一雲先我翠嵐道　○嵐＝山の気
回首停笻濃緑篁

山に入る
躑躅《てきちょく》　妍《けん》を争ひ遠客《えんかく》を迎へ
杜鵑《とけん》　血を吐いて山郷を過ぐ
一雲　我に先んず　翠嵐《すいらん》の道
首を回《めぐ》らし　笻《つゑ》を停む　濃緑の篁《たけむら》

金魚
夏日瓶中綺尾姿
浮沈左右復何為
時追泡沫噞喁静　○噞喁＝あぎとう、水面に口を出し呼吸する事
無問水生官與私　○水生＝水生動物　○官私＝晋の恵帝の故事

金魚

夏日　瓶中《へいちゅう》　綺尾の姿
浮沈左右して　復た何をか為す
時に泡沫《ほうまつ》を追ふも喩喁《けんぎょう》静《しず》かに
水生《すいせい》に問ふ無し　官と私と

菡萏

長堤流激暁風吹
菡萏香清将発時
正是百花君子質
衆人欣視出泥姿

○菡萏＝蓮の花、又は蓮花の蕾の将に開かんとするもの
○蓮には君子の質があると云われる　周敦頤「愛蓮説」

菡萏《かんたん》

長堤《ちょうてい》　流れ激して　暁風吹く
菡萏　香は清し　将に発《ひら》かんとする時

正に是れ　百花君子の質《しつ》
衆人　欣《よろこ》び視《み》る　泥を出ずる姿

遊飯田山厨摂食
　○飯田＝長野県飯田市　○山厨＝やまあいの食堂
毛毬甘煮不為銭
　○毛毬＝栗　○不為銭＝無料であった
店主咍言是稔年
　○稔年＝豊作の年
山紫湖光早涼裏
雲栖情念植心田

　飯田に遊び山厨、食を摂《と》る
毛毬《もうきゅう》　甘く煮るも　銭と為さず
店主　咍《わら》って言ふ　是れ稔年《じんねん》なりと
山紫湖光《さんしここう》　早涼《そうりょう》の裏《うち》
雲栖《うんせい》の情念《じょうねん》　心田《しんでん》に植う

泊飛鳥Ⅱ　遇大風

海似急流泡万層
載楼巨船列銀燈
豪華人酔金宮裏
夜泊不関波上騰

○金宮＝故事はない、豪華な室内を云った

飛鳥Ⅱ《あすかつー》に泊す　大風《たいふう》に遇ふ

海は急流に似て　泡　万層
楼を載《の》す巨船《きょはく》　銀燈を列《つら》ぬ
豪華　人は酔ふ　金宮の裏
夜泊　関せず　波　上騰《じょうとう》するを

飛鳥Ⅱに乗船して清水港から横浜港に向かった。大風が吹いていたが、旅行会社の添乗員によれば、これくらいなら酔うほどには揺れないでしょうと云う事だった。暮れなずむ頃に出港、夜半遅くまで駿河湾内を出ることはなかった。太平洋の風波を避けるためであろうか。その湾内でも波は逆巻き、船は急流を遡るがごとく、窓を開ければ風の音が凄まじかった。朝は一転して揺れることなく滑るように相模湾を北上、穏やかな船旅となった。

確定申告

衛青為僕樹奇功
朱買擔薪陞侍中
記得孜孜一年計
塊然独処太公同

○衛青＝前漢の武帝に仕え、匈奴《きょうど》を制圧して版図《はんと》を広げた名将
○朱買臣《しゅばいしん》は前漢武帝の官僚　○侍中＝皇帝の質問に備え、身辺に侍する役
○太公＝太公望、呂尚は周の文王の軍師

確定申告
衛青《えいせい》　僕《ぼく》と為《な》って奇功を樹《た》つ
朱買《しゅばい》　薪《たきぎ》を擔《にな》ひて侍中《じちゅう》に陞《のぼ》る
記し得たり　孜孜《しし》たる一年の計
塊然《かいぜん》　独り処す　太公《たいこう》に同じ

起句、漢書・公孫弘伝に「衛青、奴僕より奮う」と有り
承句、蒙求・買妻恥醮に「束薪を擔ひ行き且つ書を誦す」と有り
結句、史記・滑稽列伝に東方朔が諸先生に言った言葉「・・・苟能終身、何患不栄。太公躬行仁義。七十二年、逢文王・・・。此士之所以日夜孜孜、修学行道、不敢止也。今世之処士、時雖不用、崛然独立、塊然独処。・・・」

遊岐阜城看菊人形　偶者信長公之舞姿也

菊花摸得似人形
舞破下天轟四溟
請見太平行楽客
少年把剣幾周星

○四溟＝四つの海、天下

岐阜城に遊び菊人形を看る　偶《ぐう》（にんぎょう）は信長公の舞ひ姿なり
菊花《きっか》　摸《も》し得て人形に似たり
舞《まい》は下天《げてん》を破りて四溟《しめい》に轟《とどろ》く

請ふ見よ太平行楽《たいへいこうらく》の客《かく》
少年　剣を把《と》って幾周星《いくしゅうせい》ぞ

【乙未平成二十七年】

春寒

撼来喬木叩窓櫺
屋角風鳴天色青
却思東皇何処竄
寒花簇散掃空庭

○喬木＝高い木　○窓櫺＝小さな格子の入った窓、れんじまど
○東皇＝春の神
○空庭＝ひとけのない庭

春寒《しゅんかん》
喬木《きょうぼく》を撼《ゆる》がし来たって窓櫺《そうれい》を叩く
屋角《おくかく》に風鳴って天色《てんしょく》青し
却って思ふ　東皇《とうこう》　何《いづれ》の処にか竄《かく》ると
寒花《かんか》　簇《むらが》り散って空庭《くうてい》を掃《はら》ふ

Castel del Monte

高爽王城聳草莱
求踪行客万邦来
四方村落雨晴点
八角中天鳥雀廻
石柱石階留鑿冷
明窓奇模動情恢
空前帝業千年絶
今日遺民果樹栽

○草莱＝草の荒地、叢

○八角中天＝八角の建物に八角の中庭、中庭の空も八角であった

○果樹＝オリーブ畑が広がっていた

Castel del Monte　デルモンテ城

高爽《こうそう》たる王城　草莱《そうらい》に聳《そび》ゆ

踪《あと》を求めて行客《こうかく》　万邦《ばんぽう》より来たる

四方《しほう》の村落　雨晴《うせい》　点じ
八角の中天　鳥雀《ちょうじゃく》　廻《めぐ》る
石柱石階《せきちゅうせきかい》　鑿《のみ》を留めて冷《ひや》やかに
明窓奇模《めいそうきぼ》　情を動かすこと恢《おほ》いなり
空前《くうぜん》の帝業　千年絶《た》ゆるも
今日《こんにち》　遺民《いみん》　果樹を栽《う》う

カステルデルモンテはイタリアの世界遺産である。十三世紀シチリア王兼神聖ローマ皇帝フリードリヒ二世によって建てられた石造白亜の小さな城で、塩野七生《しおのななみ》によれば、世界で最も美しい城だそうだ。

南イタリアの中心都市バーリの観光案内所を尋ねたところ乗り合いタクシーを薦められた。観光シーズン前の三月は交通手段が限られてしまうのだ。翌日我々夫婦と英人男性とでデルモンテ城に向かった。晴れ渡ったオリーブ畑の丘陵が続く中、ひときわ高くなった台上にそれはあった。そこから三百六十度を見渡せば、陰晴あって天気雨に煙る村さえあった。中に入ってみると、八角形の回廊に八角形の中庭がある。内部の石造は暗く冷ややかであったが、明かり取りの窓からは頻りに雲雀の声が聞こえた。装飾も無く何の目的でこの城が建てられたのか、全くわからないのだそうだ。

一二二九年、十字軍の最盛期であったにもかかわらず、フリードリヒ二世は教皇の妨害に抗してイスラム世界と和平を結び、平和裏にエルサレムをキリスト世界に取り戻すことができた。彼の宮殿やイタリア南部の街では、中世という時代を超越してイスラム教徒、ユダヤ教徒が混住していたと云う。彼の死後、ほとんどの事績は教会の圧迫によって湮没してしまったが、それでも彼が設立した世界最古のナポリ大学、初めての近代的な法律というものは現在にまで残っている。

故事一覧

《南冥記》

感時驚鳥＝杜甫、春望「国破山河在。城春草木深。感時花濺涙。恨別鳥驚心。・・・」
阿鼻＝阿鼻叫喚は阿鼻地獄に陥り叫んで救いを求めること。転じて非常なる悲惨に陥り叫ぶこと。
嵩呼＝漢書・武帝紀、漢の武帝が嵩山に登封した時、どこからともなく万歳を三唱する声が聞こえたと云う。

紅鳥喈喈＝黄鳥喈喈は詩経・周南・葛覃「黄鳥于飛　集于灌木　其鳴喈喈」喈喈は楽し気に鳴く声。
金蘭＝固く麗しい友情。　易経「二人同心　其利断金　同心之言　其臭如蘭」

《沖縄遊記》

青蠅＝讒言をする小人。　詩経・小雅・青蠅

《漢詩集》

好逑＝好い連れ合い。詩経・国風・周南「關關雎鳩　在河之洲　窈窕淑女　君子好逑」

無腸＝腹中に一物のないこと。抱朴子、蟹の異名

多多益益辧＝漢書・韓信伝「上問曰、如我能将幾何。信曰、陛下不過能将十万。上曰、如公如何。曰、如臣多多益益辧耳」上は漢の高祖・劉邦

葦編三絶＝史記・孔子世家、孔子が晩年易経を好み、何度も読んだため綴じ紐が何度も切れたほどであった。

尚友＝孟子・萬章下・一郷之善士章「天下の善士はここに天下の善士を友とす。天下の善士を友とするを以て未だ足らずと為し又古の人を尚論ず。その詩を頌しその書を読む。その人を知らずして可ならんや。是を以て其の世を論ず、是れ尚友なり」

関雎＝詩経・国風・周南「關關雎鳩。在河之洲。窈窕淑女。君子好逑。參差荇菜。左右流之。窈窕淑女。寤寐求之。求之不得。寤寐思服。悠哉悠哉。輾轉反側。參差荇菜。左右采之。窈窕淑女。琴瑟友之。參差荇菜。左右芼之。窈窕淑女。鐘鼓樂之」

洗耳＝高士伝ほか、伝説時代の帝堯《ていぎょう》が天下を許由《きょゆう》に譲ろう、という話を聞いた許由が「耳が穢れた」と言って箕山《きざん》に隠れ、潁水《えいすい》の水で耳を洗った。牛に水を飲ませていた巣父《そうほ》はそれを見てさらに牛の口が汚れたと言って上流に牛を連れて行った。「箕山の志」「箕潁の情」

解衣盤礴＝礼法にとらわれない、或いは無礼な態度。荘子・外篇・田子方篇、宋の元君が絵を描かせようとして画家を集めた。会場から溢れるほど集まった画家たちは早速、絵を描き始めた。そこにのんびり遅れてきた一人の画家は、同じように画板を受け取るとそのまま控えの部屋に入ってし

まった。不思議に思った元君は人を遣って中の様子を見させると、解衣盤礴して裸なりと報告した。それを聞いた元君は「可なり。是れ真の画く者なり」と言った。

章臺＝歓楽街、崔国輔・長楽少年行「遺却す珊瑚の鞭。白馬驕として行かず。章台に楊柳を折る。春日路傍の情」また韓翃に章臺柳の詞あり。

傾城＝美人のこと、漢書・孝武李婦人伝「北方に佳人あり。絶世にして独り立つ。一顧すれば人の城を傾け、再顧すれば人の国を傾く。寧んぞ傾城と傾国とを知らざらんや。佳人は再び得難し」

明眸＝杜甫・哀江頭、楊貴妃を歌った詩に「明眸皓歯今何在」

忘憂之物＝酒のこと。陶淵明・飲酒詩其七「秋菊　佳色あり。露にぬれたる其のはなぶさを採り、此の忘憂《ぼうゆう》の物に汎《うか》べて、我が世を遺《わす》るるの情を遠くす」

鬩牆＝身内で相争うこと。詩経・小雅・常棣「兄弟鬩于牆」頼春水・須磨西浜「吾愛平門相宴楽　不同鎌府鬩牆心」

弄璋之喜＝詩経・小雅・斯干「乃生男子、載寝之床。載衣之裳、載弄之璋」男子が生まれると璋（たま）を持たせて祝う事から男子誕生の喜びをいう。

舜何人＝発奮の語、孟子・滕文公上「・・・顔淵曰、舜何人也、予何人也、有爲者亦若是」佐藤一斎・言志録「憤一字　是進学機関　舜何人也　予何人也　方是憤」努力すれば舜のように立派な人間になれる、舜の進んだ道、努力も特別なものでは全くないのだ。

脣亡歯寒＝春秋左氏伝・僖公五年、晉の献公が虢《かく》国を討つため虞《ぐ》国に道を借りようとした。その時、虞の宮之奇《きゅうしき》が虞公を諫めた言葉。「虢と虞は一体であって、虢が亡べば虞も危険です。輔車相依り脣亡べば歯寒しという言葉があるとおりです」結局、虞が晉に道を貸したため虢が滅ぼされただけでなく、晉軍は帰途、不意を襲って虞も滅ぼしてしまった。

草莽崛起＝吉田松陰・北山安世宛書状「今の幕府も諸侯も最早酔人なれば扶持の術なし　草莽崛起の人を望むほか頼なし」

七生＝吉田松陰・七生説、贈正三位楠公の死するや、其の弟正季を顧みて曰く「死して何をか為さんとするぞ」と。曰く「願はくば七たび人間に生まれ以て国賊を滅ぼさん」と。公欣然として曰く「先づ吾が心を得たり」と。互いに刺して死す。塩谷温「七生報国欽遺徳」西郷隆盛「懐君一死七生語」頼山陽「七生人間滅此賊」

華胥之夢＝列子・黄帝篇、古代の天子である黄帝は統治の方法に長く悩んでいたが、夢で華胥氏の国に遊んだところ、そこでは人々が不満無く幸福に暮らしていた。悟りを得た黄帝はその無為の政治を実践したところ、国中が大いに治まるようになった。

蛍雪の功＝蒙求・孫康映雪　車胤聚螢にでる。

翠帳紅闈＝女性の部屋、本朝文粋、和漢朗詠集「翠帳紅闈、万事之礼法雖異、舟中波上、一生之歓会是同」

巖廊＝朝廷、行政府、漢書・董仲舒列傳「蓋聞虞舜之時、游於岩郎之上、垂拱無為、而天下太平」

合浦の珠、還る＝後漢書・循吏伝・孟嘗、合浦の海では珠宝がよく採れたが、歴代の太守が貪穢であったため獲り尽くしてしまった。そこに孟嘗が移って太守となり前弊を革め、民の病利を求めたところ歳を越えずして珠がまた還ってきた。蒙求にも孟嘗還珠あり。

匡衡鑿壁＝壁を鑿ちて書を読む、壁光、とも云う。漢書・匡衡伝、蒙求・匡衡鑿壁、匡衡は勉学につとめたが蝋燭がなかったので、壁に穴をあけ、隣家の光を引いて本を読んだ。

宋玉の悲しみ＝秋、秋が悲しいこと。宋玉・九辯「悲哉秋之為氣也。蕭瑟兮草木揺落而変衰」陸游・悲秋「已驚白髪馮唐老。又起清秋宋玉悲」杜甫・詠懐其二「揺落深知宋玉悲」

累卵＝危険な状況にある事。韓非子・十過「故曹小國也、而迫於晉楚之間、其君之危猶累卵也」

居諸＝日と月、光陰。詩経・邶風・柏舟「日居月諸、胡迭而微。心之憂矣、如匪澣衣。静言思之、不能奮飛」

明哲保身＝物事を明らかにすることができ、事理に達し、もって自分の身の安全を保つこと。詩経・大雅・烝民「既明且哲、以保其身」

素位＝自分の立ち位置にあわせて努力、行動すること。中庸「君子素其位而行、不願乎其外。素富貴、行乎富貴、素貧賤、行乎貧賤、素夷狄、行乎夷狄、素患難、行乎患難。君子無入而不自得焉」（君子その位に素して行い、その外を願わず。富貴に素しては富貴に行い、貧賤に素しては貧賤に行い、夷狄に素しては夷狄に行い、患難に素しては患難に行う。君子は入るとして自得せざるは無し）

晨去暮来＝漢書・朱博「其の府中に柏樹列ぬ。常に野烏数千有りて其の上に棲宿し、晨に去りて暮に来る。号して朝夕烏と曰ふ」

黒甜郷＝ひるね。詩人玉屑「西清詩話云、南人以飲酒為軟飽、北人以昼寝為黒甜」蘇東坡・発広州「朝市日已遠。此身良自如。三杯軟飽後（浙人謂飲酒為軟飽）一枕黒甜餘」

羲皇＝伏羲のこと、人面蛇身の古代の聖王。陶淵明・与子儼等疏「常言五六月中。北窗下臥。遇涼風暫至。自謂是羲皇上人」

虺隤＝疲れ切って動けないこと。詩経・周南・巻耳「陟彼崔嵬　我馬虺隤」

五大夫＝松のこと。史記・秦始皇本紀「二十八年始皇・・・上泰山。立石封祠祀。下風雨暴至。休於樹下。因封其樹為五大夫」

官蛙私蛙＝晋の恵帝は愚かで、そのため世の中が乱れ、官僚達の汚職が激しくなった。恵帝が華林園に遊んだ時、蛙が鳴いているのを聞き群臣に「蛙は公の為に鳴いているのか、それとも勝手に鳴いているのか」と尋ねた。群臣は戯れに「官地に居るものは官の為に、私有地に居るものは自分の為に鳴いております」と答えた。十八史略「華林園聞蛙鳴。帝曰、彼鳴者糜、為官乎、為私乎。左右戯之曰、在官地者為官、在私地者為私」

有澤《ありさわ》 啓介《けいすけ》（号・南溟《なんめい》）

昭和32年12月14日生まれ。
金沢大学土木工学科卒。
建設会社勤務の後、大富士工業株式会社代表取締役。

現住所：〒424-0937　静岡県清水区北矢部町2-3-14

有澤南溟漢詩集　附・漢詩紀行

平成二十八年十二月十五日　印刷
平成二十八年十二月二十日　発行

著　者　有　澤　啓　介
発行者　小　林　眞　智　子
発行所　株式会社　明　徳　出　版　社
〒一六二－〇八〇一
東京都新宿区山吹町三五三
（本社・東京都杉並区南荻窪一－二五－三）
電話　〇三－三二六六－〇四〇一
振替　〇〇一九〇－七－五八六三四

印刷・製本　㈱明　徳

ISBN978-4-89619-950-5